刺青師的美麗人生

THE tattooist OF auschwitz

HEATHER MORRIS

"...this is a powerful, gut-wrenching tale that is hard to shake off."
Kirkus Reviews

海瑟・莫里斯／著
呂嘉行／譯

謹以此書紀念勒利・索可洛夫
感謝您把自己跟吉達的故事託付給我

序篇

勒利忍著不抬頭看，伸手拿了遞給他的紙條。他必須把紙條上這五個數字刺到女子的身上。她的臂上已經刺上一個號碼，顏色已褪。他把針頭刺入她的左臂，是個4字。他盡可能地輕輕刺，血溢了出來。針刺得還不夠深，他只好用針又描了一次。勒利曉得他扎痛了她，但她並沒有畏縮。**他們曾經被警告過——不准說話，不准有任何舉動。**他抹去血跡，然後在傷口上塗了綠色的墨汁。

「快點！」匹潘小聲說。

勒利花的時間是太長了。為男子刺青是一回事，玷污年輕女子的玉體卻是一件可怕的事情。勒利抬頭看見一個穿白大褂的男人慢慢走向一排年輕女子。他不時地停下來，看著噤若寒蟬般的女子，檢視她們的臉和身體。終於他走到了勒利身旁。勒利盡可能地輕握著面前女子的手臂，男人卻伸手抓住她的臉，魯莽地左右搖晃。勒利望向她驚恐的雙眼，見她啟唇要說話，勒利趕緊捏了她的手臂，示意她噤聲。他用唇語對她說：

「噓。」穿白大褂男子的手放開她的臉，走了。

「很好。」他輕輕說，然後繼續刺另外三個號碼——562。完成後，他仍握著她的手臂，又看著她的雙眼。他勉強地笑了一下，她也回以一個微笑。此刻她的雙眸居然在他眼前舞動。當他注目時，心臟似乎停了一下，然後又跳了起來。這是他從來沒有過的經驗，猛然跳動的心幾乎破腔而出。當他低頭時，看見地面似乎在移動。又有一張紙條塞了過來。

「快點，勒利！」匹潘輕聲催促他。

他再抬頭時，她已走了。

第一章

一九四二年四月

坐在顛簸地穿行於鄉間的貨運火車上，勒利逕自仰著頭。二十五歲的他覺得沒必要搭理身邊的人，此人時不時地靠在他肩上打盹，勒利沒有把他推開。在這個運牲口的車廂裡，他只是許多年輕人中的一份子。勒利並不知道他們要去哪兒，所以如常穿著筆挺的西裝，整潔的白襯衫，打著領帶，**穿著得體才能給人好印象**。

他打量了一下周遭的環境。車廂的寬度不到十呎，但是不知道有多長，因為看不到盡頭。他試著算一下同行有多少人。但是有那麼多在亂動的頭，只好放棄了。他不知道有幾節車廂。他的腿痠、背痛、臉癢。臉上的鬍渣提醒他已經有兩天沒洗澡刮鬍子了。他愈來愈不自在。

當有人和他談話時，他會鼓勵他們把恐懼感變成希望。**我們站在糞坑裡，但不要把自己淹沒其中**。有人對他的外表和舉止嗤之以鼻，嘲笑他來自上流社會。「看看你，這麼做給你帶來了什麼下場。」他聳聳肩帶過，對於瞪視報以微笑。開什麼玩笑啊，我跟他們一樣害怕。

一個和他對視的年輕人從人堆裡擠了過來。擠的時候旁人還會推他一把，自己佔到的地方才是容身之地。

「你怎麼可能那麼平靜？」年輕男子說：「他們有長槍。這批雜種端槍對著我們，逼我們上了這個……運牲口的火車。」

勒利對他笑了笑：「這我也沒想到。」

「你覺得我們會到哪兒去？」

「無所謂。只要記住，我們這麼做是讓我們的家人可以安然無恙地待在家。」

「但是如果——？」

「別但是如果的。我不知，你不知，沒人知。我們聽話就行了。」

「我們是不是該在停車時跟他們搏鬥，因為我們人比較多？」年輕人蒼白的臉因不明的激動而拗起來了。他的拳頭在臉前無謂地揮著。

「我們用拳頭，他們用長槍——你覺得誰會贏？」

年輕人沉默了。他把肩膀嵌靠在勒利胸口。勒利聞到他頭髮裡的油味和汗味。他的雙手無力地垂下。「我叫阿倫。」他說。

「勒利。」

周圍的人聽到他們說的話，望了望他們，又繼續回到各自的沉思中。他們的共同點是恐懼和青春，以及他們的宗教。勒利盡可能不花心思去想未來的下場。他曾被告知他是去為德國人工作。為了家人的安全，他這麼犧牲是無憾的。他願意一再地這麼犧牲，只要他的家人可以在一起。

幾乎每隔一個鐘頭，就會有人問他相同的問題。嫌煩了，勒利就回說：「等著瞧吧！」他有點搞不明白為什麼他們只衝著他問，他不見得比他們懂得多。沒錯，他穿西裝打領帶，那只是外表與別人不同。**大夥兒的命運其實是在同一條髒船上**。

在這擁擠的車廂裡，連坐的地方都沒有，就甭提躺平了。有兩個桶權充馬桶，當桶愈來愈滿，人們為了遠離臭味而打了起來。桶被打翻，屎尿四溢。勒利緊擁他的皮包，希望用其中的衣物和金錢，換取離開他們要去的地方，或者再不濟，也可以用它們得到一個較安穩的工作，**也許有工作可以讓我多國語言的專長派上用場**。

他覺得很幸運可以找到一個靠邊的地方。板條之間的空隙為他提供了些許稍縱即逝的鄉間風景。滲進的新鮮空氣，也緩解了令人作嘔的臭氣。雖然現下是春天了，但天天下雨，烏雲密佈。偶爾會經過一片盛放的春花，引得勒利會心微笑。花呀。他年紀很小的時候，母親就曾告訴過他，女人愛花。下一次獻花給女孩將是何時？他盯著它們看，五顏六色在眼前閃耀，整片大地開滿了罌粟花，臨風起舞，滿目緋紅。他發誓下一束送人的花要親手採。他從沒想到野花會開得如此茂盛。母親的花園裡也種了一些這種花，但她從沒採進過屋裡。他在腦海裡列了一張清單，「一旦回了家，我就……」

他們又打了起來，扭打、吼叫。勒利看不見到底怎麼回事，可是他能感覺到蠕動和推搡的身軀。然後靜止了。從暗處傳來一聲：「你殺了他。」

「幸運的雜種。」有人囁嚅了一句。

可憐的雜種。

我的大好人生可不該結束在這麼個臭地方。

•

一路上停了許多次，有時停幾分鐘，有時停幾小時，但總是停在城鄉之外。勒利偶爾會看見一掠而過的站名：茲瓦登（Zwardoń）、季澤斯（Dziedzice），不久又看到當柯艾斯（Dankowice），他肯定現在已經到了波蘭。問題是：何處是終點？一路上勒利大部分的時候想著他在布拉迪斯拉發（Bratislava）度過的生活：他的工作，他住的公寓，他的朋友──尤其是女朋友。

火車又停了。外面漆黑一片。濃雲完全把月亮和星光給遮蓋了，黑暗難道就預示著未來？**事情該怎麼樣就怎麼樣，這就是我所能看見、能感覺到、能聽到聞到的。**他能看見的人同他一樣，年輕、正走向未知的將來。他聽到自己空無一物的胃在咕咕地叫，鼻子因乾燥而發出的刺耳呼吸聲。他聞到屎尿的臭氣和久未沐浴的體臭。大夥兒都在利己的情況下爭取到一片休憩的地方，盡可能避免推來搡去。此刻不只一個腦袋靠在勒利身上。

後面隔了好幾個車廂傳來噪音，聲音愈來愈近，好像那邊的人耐性耗盡，試圖脫逃。到處都是人體撞擊車廂壁板和糞桶砰砰作響的聲音，吵醒了每一個人。不久每個車廂都騷動起來，從裡往外攻擊。

「幫個忙，要不然就讓開。」一個大漢對著勒利吼叫，同時用身體撞擊車廂的邊壁。

「別白費精力了，」勒利回答道：「如果這些牆板可能被撞開的話，難道你不覺得牛群早就撞了？」

數人停了下來，回頭怒視著他。

他們忖度著他的評論。火車又蹣跚地向前啟動，也許負責的人覺得移動的車廂可以停止暴亂。車裡平靜了下來，勒利閉上雙眼。

當勒利聽說小城裡的猶太人將被徵召去為德國人工作，勒利就回到了雙親在斯洛伐克的克龍帕希（Krompachy）住家。他知道猶太人已不被允許工作，家裡經營的生意也被沒收。約莫有四個星期，他在家幫忙做家務，和父兄一起修修補補，為長大了不再睡得下嬰兒床的侄兒做了新床。姐姐是家裡唯一一個還能當裁縫賺錢的人。她偷偷工作，天沒亮就出門，天黑了才回來。她的老闆甘願為這位最好的員工冒險。

有一天晚上，她帶回家一份老闆被規定張貼在櫥窗上的告示，上面說，每家要把一位年滿十八歲的孩子送去給德國政府工作。早在其他地方傳聞的消息終於到了克龍帕希。看來斯洛伐克政府對希特勒更加讓步了，讓他為所欲為。告示上用大字警告，如果不服從的話，全家將被送到集中營。勒利的大哥馬克斯看了馬上就說他去，勒利不同意，馬克斯有太太和兩個幼兒，他得養家。

勒利到克龍帕希當地政府報到，自願被遣送。勒利認識經辦此事的官員，他們曾經是同學，也認識彼此的家人。他告訴勒利要到布拉格向有關部門報到，然後等候指令。

•

過了兩天，運牛車又停了下來，異常的騷動自車外傳來。有犬吠聲，德文的命令聲。門栓被拔了，車門在一陣鏗鏘聲後打開了。

「下車，把行李放下！」士兵喊道。「快點，快點，趕快！把東西放地上！」由於勒利在車尾，他是最後一個下車的。接近車門的時候，他看見那個因扭打而死掉的人。他短暫地閉上眼睛為亡者默禱，然後帶著衣服上、皮膚上、身上的臭味下車。他一下車就屈膝跪了下來，雙手撐在石子地上。他又多跪了一會兒，累得直喘氣，乾渴到痛苦的地步。他慢慢站起來，往周遭望了一下。數以百計的人往左右看，想弄明白眼前是個什麼樣的地方。動作慢的人會被惡犬撲咬。許多人都摔倒了，因為多日未動導致腿肌無力。這種人就會挨上一槍托或是一拳。勒利審視了一下穿著制服的人，一身黑衣，樣子兇兇的，領章上有兩條閃電的徽誌。他於是明白自己正在和什麼人打交道，他們是SS*。

換成不同情況，他可能會讚賞裁縫的手藝，因為他們的制服剪裁得既得體又貼身。

他將自己的手提箱放到地上，他們怎麼知道這個就是他的呢？一陣寒意，他意識到自己再也不會見到箱子裡的東西了。他把手放在胸口，摸了一下藏在夾克口袋裡的錢。他仰望天空，深吸幾口清新的空氣，提醒自己至少現下身處室外。

*譯註：希特勒的黨衛軍。

一聲槍響，勒利跳了起來。在他面前站著一個SS軍官，槍口朝上。「快走！」勒利回頭看了一眼空蕩蕩的火車。衣物被風吹得飛了起來，書頁被吹翻。幾輛卡車開了過來，有男孩跳下卡車。他們撿起丟在地上的東西，扔進卡車裡。他的心頭突然覺得沉重。對不起了，媽媽，他們拿走了妳的書。

人群走向一棟灰矇矇、髒兮兮的粉紅磚房。房子有大落地窗，門口有一排樹，樹上長滿了茂盛的春芽。當勒利走過打開的鐵門時，他看見門上鑄著德文：

ABREIT MACHT FREI

工作讓你自由。

他不知身在何處，也不知道要做什麼，但是一想到工作可以換取自由，他覺得這簡直是個噁心的笑話。

SS、槍、狗、東西被沒收——這些都出乎他意料之外。

「我們在哪兒呀？」

勒利轉過頭，看見身邊的阿倫。

「我想我們到了終點。」

阿倫的臉一沉。

「叫你幹嘛你就幹嘛，就沒事了。」勒利明白他的話不太有說服力。他對阿倫笑了笑，阿倫也回他一笑。勒利自言自語地告誡自己，叫你幹嘛你就幹嘛，隨時提高警覺。

進入大院之後，眾人就被編成一行行，在勒利那一行的頂端有一張小桌，坐了一個犯人，長了一張飽經風霜的臉，他穿著夾克和長褲，上面有藍白直條紋，胸口有個綠色的三角形，在他身後站著一個持槍的ＳＳ軍官。

濃雲朝這裡滾滾而來，遠方傳來陣陣雷聲，眾人在等待。

一個高階長官和他的侍衛走到人群的前端，他長了一只四方下巴，薄嘴唇，濃眉罩眼，相較他侍衛的衣著，他的制服素便些，沒有閃電領章，他的舉止清楚地表示他是掌管這裡的人。

「歡迎來到奧斯威辛（Auschwitz）。」

勒利聽到了，聲音來自幾乎不動的嘴唇，令人難以相信。他被迫離開家園，像牲口一般被運到這裡，被武裝ＳＳ團團圍住。如今卻告訴他，他是被歡迎的——歡迎！

「我是指揮官魯道夫．胡斯（Rudolf Hoess），奧斯威辛的領導，你們剛經過的大門上說：工作為你帶來自由。這是你們的第一課，也是唯一的課。努力工作，叫你幹嘛你就幹嘛，你們就自由了。抗命會有不好的後果，現在你們就在這裡接受處理，然後帶你們到新家：奧斯威辛第二——比克瑙（Birkenau）。」指揮官觀察了一遍他們的臉，當他正準備繼續說時，一片隆隆的雷聲打斷他的話，他朝天空看了一眼，咕噥了幾個字，對著他們輕蔑地揮揮手，轉身走開。表演結束，他的侍衛簇擁著他匆匆離去，好一場笨拙的表演，但仍舊有嚇阻力。

開始處理程序了，勒利看到第一個犯人被推到桌前。他離得太遠，聽不見他們短暫的對話。只見穿睡衣坐著的人記錄下一些細節，然後遞給犯人一張小紙條。終於輪到勒利了，他必須提供他的名字、住址、職業和雙親的名字。坐在桌前一臉風霜的男人把勒利的答案工整流利地寫下，然後交給他一張寫了號碼的紙條。從頭到尾沒看勒利一眼。

勒利望了一眼號碼：32407。

他跟人群拖著腳走向另一排桌子，坐在桌前是另一批穿著條子裝的犯人，胸前也有一只綠色三角形，還有更多ＳＳ站在旁邊。他想喝水的願望已到了失控的邊緣，既渴又累。當紙條從他手中抽走時，他吃了一驚。一個ＳＳ官員脫了勒利的夾克，扯掉他襯衫的袖子，把他的左臂壓在桌上放平。他瞪大了眼睛，簡直不相信32407這幾個數字居然要刺在他的皮膚上。嵌在一塊木頭裡的針，迅速地移動著，真痛，然後此人拿了一塊布，蘸了綠墨水，用力在勒利的傷口上擦了幾下。

刺青只花了幾秒，可是勒利卻震驚地感覺時間就此停住。他抓著胳膊盯著這幾個號碼看，**怎會有人對別人做出這種事？**無論他的餘生是長是短，都將被這一刻和這幾個數字：32407定調。

一聲槍托的捶擊聲打破了勒利的冥想，他撿起地上的夾克，跌跌撞撞地跟著眾人往前走，走進了一棟大磚房，牆邊放了一排板凳。這令他想起在布拉格的體育館，在出發到這裡之前，他在那兒睡了五天。

「脱掉衣服。」

「快點快點。」

一個ＳＳ大吼著命令。大多數人都沒聽懂，勒利為附近的人翻譯，然後再傳達給別人。

「把你們的衣服放在板凳上，淋浴後它們仍會在這裡。」

不久後大家脱了褲子、襯衫、夾克和鞋子，把髒衣服摞好，整齊地放在板凳上。

一想到水就令勒利高興，但是曉得他再也不會見到他的衣服和衣服裡的錢了。

他也脱下衣服，把它們放在板凳上，可是他被怒氣沖昏了頭，從褲子口袋裡拿出一小包火柴，這令他想起從前的快感，他偷望了一眼附近的軍官，他正望向別處，勒利於是划著了一根火柴，這可能是他在自由意志下做的最後一件事了，他把火柴放在夾克布邊，再用褲子擋住，便急忙加入淋浴的人群。過了幾秒，從他身後傳來大叫聲：「著火了！」勒利看見一群裸體的人推搡著躲避那堆火，一個ＳＳ軍官正試圖滅火。

還沒走到淋浴的地方，他已經冷得直抖。**我在做什麼？**花了幾天的時間告訴身邊每一個人，要低調，要聽話，不要觸怒任何人，可是他卻在房子裡點了一把火。他知道，如果有人指出他就是縱火者會是什麼下場，笨呀，笨呀。

在淋浴間裡他讓自己平靜下來，深呼吸。數以百計的人並肩站在噴潑的水下發抖，雖然水有異味，但他們還是仰脖子喝了。許多人都難為情地擋住私處，勒利把身上和頭髮裡的汗臭和污穢洗掉，從水管裡噴出的水濺在地上。當他們洗完後，通往更衣室的門又開了，他們自動回到原地，看看原先的衣服換成什麼了——舊的俄國制服和靴子。

「穿上衣服前，你們必須先理髮，」一臉黠笑的軍官告訴大家：「出去——快點。」

眾人又排成一行，朝著一個手握剃刀的犯人走去。等輪到勒利的時候，他在椅子上抬頭挺胸。他看見幾個ＳＳ軍官在隊伍前後走來走去，用手裡的武器毆打裸體的犯人，獰笑著口吐穢語。勒利把身子挺得更直，頭揚得更高。此刻頭上只剩下髮渣了，當剃刀刮到頭皮時他也沒畏縮。

一位軍官在他身後推了一把，他知道已剃完頭了。他跟著排成一行的人走進更衣室，加入一群尋找合適衣靴的人。能找到的都是些有斑跡的髒衣服，然而他總算找到一雙勉強合腳的鞋，同時希望手上抓著的俄國衣服也能合身。穿好後他便奉命離開了房子。

天黑了下來，他在雨中走，只是無數人中的一份子，似乎走了很久。困腳的爛泥令他舉步維艱，他堅決往前走。走得太慢的或者跌倒趴在地上的，就會被打到再站起來，站不起來的人就被一槍打死。

勒利盡可能讓濕透了的沉重衣服不黏著身體，皮膚還是被磨得挺痛的，濕羊毛的臭味又讓他想起運牲口的火車。勒利仰望天空，盡量吞嚥甜絲絲的雨水，這是這些天以來最好的滋味。乾渴加上勞累模糊了他的視線，他大口喝，用手捧著雨水猛吞。他看到遠處有聚光燈環照一片廣場，在半昏迷狀態下，他以為是燈塔的光在雨中跳躍，引領他回家。呼喚著，**來吧，我將提供避難之所，給你溫飽，繼續往前走。**但當他走過大門，才意識到這是沒有訊息，沒有協議的所在，所謂以工作換取自由，純屬謊言，勒利知道耀眼的幻景沒了，他來到另一個監獄裡。

場子的另一邊，黑暗深處是另一個大院，圍牆上面有利刃般的鐵絲網，勒利看到有ＳＳ士兵朝他的方向持槍警戒。閃電擊中了附近的一堵鐵圍牆，牆體觸電了。雷聲沒有把槍聲淹沒，另一人倒下。

「我們到了。」

勒利回頭看見阿倫朝他走來，全身濕漉漉，但是還活著。

「沒錯，我們到家了，你的樣子看起來好驚人。」

「你沒看見你自己，就把我當成鏡中的你吧。」

「謝謝，不必。」

「現在怎麼辦？」阿倫說道，聽起來像個孩子。

●

他跟著人流前進，讓門口的SS軍官看了他們胳膊上的號碼，軍官便在夾紙板上記下號碼。勒利和阿倫被身後的人推進標示著第七排的一間大棚屋，靠牆有一列三層床的睡鋪。幾十個人擠進這間房，大夥推來擠去地想佔有屬於自己的一席之地，如果運氣好或者夠霸氣的話，那就只需要和一個或兩個人分睡一張床。勒利沒有那麼幸運，當他和阿倫爬上頂鋪時，床上已坐了兩個人。他們已經好幾天沒吃東西了，勒利只好蜷縮在茅草心床墊上。他用手使勁壓胃來舒緩痙攣。有人對著守衛說：「我們要吃東西。」

得到的答覆是：「明天早上會有東西吃。」

又有人從後方傳話過來：「等不到明天我們都餓死了。」

「那就安息了。」又傳來一聲沉悶的回答。

「這些床墊裡塞的是茅草，」有人又說：「也許我們應該繼續當牲口，那樣我們就可以吃草了。」

引來一陣竊笑，軍官沒理他們。

然後從寢室深處傳來一聲長長的牛叫聲：「哞……」。一陣笑聲。安靜，真正的安靜。軍官還在屋裡，可是不見人影。人們終於都睡了，胃仍然隆隆地響。

•

勒利醒來的時候天還是黑的，他想小解。他爬過同床的睡伴，落到地上，慢慢摸索蹭到屋後，覺得在這裡小解應該是最安全的。當他接近要小解的地方，聽到說話的聲音，有斯拉夫文和德文。當他看見居然有設備讓他們大便，即使簡陋也讓他放心了。屋後有一條長溝，溝上放了木板，有三個犯人正在溝上大解，一邊小聲地交談。在屋子的另一頭，勒利看見兩個ＳＳ從昏暗處慢慢走過來，抽著菸，有說有笑，他們的長槍鬆垂於背後，周邊一明一暗的泛光燈讓他們的身影顯得特別擾人。勒利不知道他們到底在說什麼，雖然膀胱漲得難受，他還是猶豫了一下。

兩個軍官不約而同地將菸蒂往空中一彈，把長槍從身後甩過來，然後開槍。三個正在大解的人都摔到溝裡。一口氣瞬間卡在勒利喉頭，當軍官們經過的時候，他把身體緊貼牆壁。他看見其中一人的側臉——一個男孩，他還只是個孩子。

他們消失在黑暗中後，勒利對自己發誓，我要活著離開這裡，走出這裡之後我會是個自由人。如果真有地獄，我要目睹這些殺人凶手在其中焚燒。勒利想起在克龍帕希的家人，希望因為他到了這裡，可以免除他們經受類似的厄運。

勒利小解後回到他的鋪位。

「槍聲，」阿倫說：「是什麼？」

「我沒看見。」

阿倫跨過勒利準備下床。

「你上哪兒？」

「小便。」

勒利伸手到床邊抓住阿倫的手說：「別去。」

「為什麼？」

「你聽到槍聲了，」勒利說：「忍到早上吧。」

阿倫爬回他的鋪位躺下，雙手托著胯下，既害怕又不服氣。

•

他父親常到火車站接一位客人，沙因貝格先生準備優雅地跨上馬車時，勒利的父親會先把客人精緻的皮箱放在座位對面。他從哪兒來？也許是布拉格？布拉迪斯拉發？維也納？身上穿著一套高級羊毛西裝，皮鞋擦得雪亮。父親往馬車前面坐下前，會與他微笑短暫地交談，然後策馬前進。父親用馬車接送的這些人，大部分都像沙因貝格先生，他們出門去談了一筆很重要的生意回來。勒利希望有朝一日也能像沙因貝格先生一樣，而不是像父親。

沙因貝格先生那天沒帶他的太太。勒利很喜歡看沙因貝格太太和其他與她一起搭車的婦人，她們的纖手套著白手套，戴著與項鍊搭配的精緻珍珠耳環。他喜歡這些穿戴華麗衣服和珠寶的美婦人，有時她們陪伴重要的人同行。幫忙父親的唯一好處就是為她們拉開馬車門，托著她們的手，幫她們下車，吸到她們散發的香氣，夢想她們過的生活。

第二章

「出去，所有人都出去！」

吹哨子聲外加狗叫聲。清晨明亮的陽光從第七排房的房門照了進來。眾人擺脫了糾纏在一起的身體，從三層鋪上爬下來，拖拖拉拉地到了外面。他們靠近屋子站著，沒準備走遠。他們等啊，等啊，那些喊叫著、吹哨子的人不見了。眾人在原地耗著，跟旁邊的人低語。他們朝別排房子望了望，情景相同。那怎麼辦？只好等了。

終於有個ＳＳ軍官和一個犯人來到第七排房，眾人靜了下來。沒有開場白，這個犯人直接從夾紙板上唸著記錄下的號碼。站在旁邊的ＳＳ軍官不耐煩地用腳輕敲地面，用軍棍拍著大腿。過了好一會兒，這個犯人才意識到他唸的正是刺在左臂上的號碼。點名完畢，有兩個號碼沒得到回應。

「你，」——點名的人指著一個站在隊尾的人——「回屋看看裡面還有沒有人。」

那個人以不解的眼光看著他，一個字都沒聽懂。他身旁的人小聲告訴他指令內容，於是他急忙進了屋子。過了一陣子，他回到外面，舉起右手，伸出食指和中指：死了兩個。

ＳＳ軍官趨前用德文對大家說話。至此犯人們已經曉得，在這種時候就乖乖地站著，靜候聽懂的人為他們翻翻譯。勒利全聽懂了。

「每天你們吃兩頓飯，早上一頓，晚上一頓，那要看你們能不能活到晚上。」他停了一下，陰陰地一笑。「早餐之後你們要不停地工作，直到我們叫你們停為止。你們要繼續建造這個集中營，因為將有許多人被送到這裡。」他的笑臉變成倨傲的咧嘴笑。「聽從你們工頭的命令，還有那些負責營建計劃的人，這樣的話你們就會看到太陽下山了。」

一陣金屬撞擊聲傳了過來。犯人們看見一群人走來，端著兩只大鐵鍋和一堆小錫罐。早餐。有幾個犯人往這一小群人走去，似乎要幫忙。

「如果有人擅自行動就會被槍決。」這個ＳＳ軍官舉起槍叫道：「不會有第二次機會。」

軍官走後，那個點名的犯人跟大家說：「你們聽到了吧，」以帶有波蘭口音的德文說：「我就是你們的工頭，你們的老闆。你們排成兩行領食物。任何人如果抱怨，將自食惡果。」

眾人急忙排隊，有幾個人打聽，有沒有人聽懂那個「德國人」在說什麼。勒利告訴了旁邊的人，然後叫他們傳話給其他人，他會盡量為他們翻譯。

當他走到這一行的最前端，他很感激領到一個小錫杯，杯裡的食物濺了出來，濺在遞給他的人的手上。他走到一旁檢視領到的食物，是褐色的液體，有股他不熟悉的氣味。看上去不像咖啡，不像茶，也不像湯。他很怕慢慢喝會反胃，於是閉上眼，用手指捏著鼻子，狼吞虎嚥下去。別人就沒他那麼順當了。

站在一旁的阿倫玩笑地舉杯做乾杯狀。「我吃到一塊土豆，你呢？」

「這是我好久以來吃過最好的一餐。」

「你一向都這麼興致勃勃嗎？」

「等過完這一天你再問我吧。」勒利說時，對他眨了下眼。勒利把空杯還給派食的犯人，並對他笑著點頭表示謝謝。

工頭對著他們喊道：「你們這群懶惰的雜種，吃完飯後，趕快排隊！你們要上工了！」

勒利把他的指令傳達給大家。

「你們要聽我的，」工頭喊道：「你們要聽領班的指令。有人想偷懶，我會逮到。」

勒利和其他人到了間蓋了一半的房子前，和他們現在住的地方一樣。那裡已經有另外一些犯人在工作：有木匠、砌磚匠。大家都在彼此建立的節奏下默默地一起工作。

「你，對，就是你，上房頂，你在那兒工作。」指令是發給勒利的。他往左右望了一眼，看見有一個梯子直通屋頂。兩個犯人蹲在梯子的頂端，一左一右，正等著接遞上來的磚瓦。兩個犯人往邊上挪了挪，好讓勒利爬上來。房頂只有一條條木樑可以堆放磚瓦。

「要小心，」一個工人提醒他說：「再往上爬一點，看我們怎麼做，並不難——用不了多久你就學會了。」說話的是個俄國人。

「我叫勒利。」

「先別忙著自我介紹，」二人對望了一眼：「你聽得懂我說的話嗎？」

「懂。」勒利用俄文回答。這兩個人笑了笑。

勒利看著他們從突出的屋簷邊接下沉重的陶瓦，爬回上一次鋪了瓦的地方，小心仔細地擺在前面一層上，再謹慎地爬回梯邊，去接下一摞磚瓦。這個俄國人說的沒錯——

工作不難——不久勒利就跟他們一起接瓦片再鋪好。在這溫暖的春天裡，只有飢餓和痙攣會害他輸給老練的工人。

幾個鐘頭之後，ＳＳ讓他們停下來休息。勒利正要往梯邊爬時俄國人叫住了他。

「你最好就在這兒休息，只有高高在上他們才看不見你。」

勒利聽從了他們的話。這兩個人曉得在哪兒躺平休息最合適，屋簷接頭的角落用的木料是最結實的。

「你們在這裡待了多久？」當他們都穩當地歇了下來，勒利問道。

「大約兩個月，我猜。日子久了都過糊塗了。」

「你們是從哪兒來的？我的意思是，你們怎麼會到了這裡？你們是猶太人嗎？」

「一個一個問題來。」俄國人咯咯地笑著說。比較年輕高大的工人對這個無知的新手翻了翻白眼，他心想，在這個集中營裡還真有不少他該學的東西。

「我們不是猶太人，我們是俄國兵。我們和部隊走散了，他媽的德國人抓了我們，把我們當工人用。你呢？是不是猶太人？」

「是，昨天我和許多人從斯洛伐克被運到這裡——全是猶太人。」

兩個俄國人互望了一眼。年長的別過頭，閉上眼，仰起臉，面對太陽，讓他的同伴繼續聊天。

「你朝周圍望望，可以看見他們清出多大一片地方，要蓋多少房子。」

勒利用肘支起身子，然後看了這一大片用電籬笆圍起來的地方。就像他現在正在蓋的房子，一排排一直延伸到遠方。他驚恐得像遭電擊一樣。這裡將會變成什麼樣的地方啊。他自忖著如何接腔，不想讓他的同伴聽出他有多緊張。他躺了下來把頭別過去，努力壓抑自己的情緒。他不可以相信任何人，不要洩露自己的底細，要小心謹慎……

這個人仔細地看了他一眼說：「我聽說ＳＳ誇口，這裡將是最大的一個集中營。」

「真的？」勒利說，勉強提高了聲調：「那麼如果我們要一起蓋房子的話，你乾脆告訴我你的名字吧。」

「安道爾，」他說：「這個大笨蛋叫鮑里斯，他不太喜歡講話。」

「在這裡說話會引來殺身之禍。」鮑里斯囁嚅道，他把手伸向勒利。

「有關這裡的人你還有什麼可以告訴我的？」勒利問道：「還有，這些工頭都是些什麼樣的人？」

「你跟他說吧。」鮑里斯打了個哈欠。

「哦，這裡還有幾個像我們這樣的俄國兵，但不多，然後就是不同的三角形了。」

「像我的工頭身上的綠三角形？」勒利說。

安道爾笑了笑。「噢，綠色是最壞的——他們是罪犯：殺人犯、強姦犯這一類人。

他們是很好的警衛，因為他們很可怕。」他繼續說：「其他人到了這裡是因為他們的反德主張。他們戴的是紅三角。你會看到幾個黑三角，不多——他們都是懶鬼，在這兒待不長。最後就是你和你的朋友們。」

「我們戴的是黃星。」

「不錯，你們也是星星。你們的罪名是猶太人。」

「你們怎麼沒有戴任何顏色的東西？」勒利問道。

安道爾聳了下肩說：「我們只是敵人。」

鮑里斯嗤之以鼻地說：「他們侮辱我們的方式是把我們穿的制服分給你們穿。這是他們對我們做的最壞的事了。」

一陣口哨聲後三人又繼續工作。

●

那天晚上第七排房的人分成幾個小群組，分享自己的經歷和問題。有些人走到棚屋的盡頭向他們的上帝禱告。這就變得有點難以區分了。他們為何禱告？為了尋求指引，還是為了復仇，抑或是尋求認可？勒利認為在沒有猶太教士的引導下，每個人是在祈禱他認為最重要的事情。他覺得就是這麼回事了。他在人群間走來走去，只聽但不發表意見。

•

結束第一天的工作時，勒利從他的兩個同事那兒得到了他們知道的所有消息。在這一星期的其他日子裡，他都按照自己的忠告行事：低調、聽話、不爭論。同時他不停地觀察周圍的人和事。這讓他明白了一件事情，就新房的設計而言，德國人缺乏對建築學的知識。一有機會他就聆聽ＳＳ們的對話和流言蜚語，他們並不曉得他聽得懂。他們為他提供了日後可供利用的軍火彈藥——常識。ＳＳ們終日大部分時間倚牆而立，抽著菸，對身邊的事睜隻眼閉隻眼。他聽說胡斯指揮官是個懶鬼，很少露面。再者奧斯威辛提供的條件比起比克瑙要好得多，後者連香菸和啤酒都沒有。

有一群工人特別引起勒利的注意。他們自成一體，穿平民裝，和ＳＳ講話時不會因擔心自身安全而面帶懼色。勒利下定決心要弄清楚這些是什麼人。還有就是，某些犯人從來不搬一磚一木，只在大院裡隨便到處走走，做和他們不一樣的事情。他的工頭就是其中之一。如何可以爭取到這麼一份工作？這種工作最能讓他瞭解集中營的情形，他們對比克瑙的計劃是什麼？更重要的，對他的計劃是什麼？

•

勒利在房頂上，曬著大太陽鋪瓦，他偷眼看見工頭正朝他們這邊走來。「快點，你這個懶惰的雜種，」勒利大聲喊道：「我們要鋪完一大片。」

每當工頭從下邊走過，他就不停地發號施令。勒利習慣性地對他恭敬頷首示意。有那麼一回工頭也對他點了點頭。他曾經用波蘭文和工頭說話。至少他現在認為勒利是一個不會惹事生非、服從命令的犯人。

工頭似笑非笑地看了一眼勒利，用手招他從房頂上下來。勒利低著頭走到他跟前。

「你喜歡現在在屋頂上的工作嗎？」工頭問道。

「上面叫我幹嘛我就幹嘛。」勒利回答道。

「可是每個人都希望過得輕鬆一點，對嗎？」

勒利沒答腔。

「我需要一個幫手。」工頭說，一面摸著已經磨損了的俄國襯衫。那是件很大的、不合身的襯衫，這樣就可以使個子小的他看起來比較強大、有權威，才能掌控人。從他中分齒的空隙間，勒利聞到了沒完全消化的刺鼻臭肉味。

「我要你幹什麼你就幹什麼。幫我打食、刷靴，要一直在身邊服侍我。如果你能勝任的話，我可以讓你過得比較自在，否則就自食其果。」

勒利靜立在工頭身邊以示回應，從一個建築工人變成走狗，自己是不是在和一個魔鬼達成交易。

●

一個美好春日，並不太熱的日子裡，勒利看見一部封閉的大卡車駛過平常卸下建材的卸貨點，繞到行政樓的後面。勒利知道邊界的籬笆就在不遠處。他一向不敢造次往這邊走，可是他很好奇。他跟蹤卡車，表面上一副「這是我的地盤，我可以隨便閒逛」的樣子。

他往房子的轉角瞄了瞄，卡車停在一部囚車旁，這輛囚車被改成一個庫艙，用鐵板把窗戶封死。勒利看見幾十個裸體的男人從卡車上被趕了下來，然後上了囚車。有人是自願的，不自願的就挨上一槍托，然後旁邊的犯人就把半昏迷的反抗者拉上車。

囚車塞滿了人，擠到最後幾個人只得腳尖踩在踏板上，光著屁股掛在車門外。軍官用力把他們往人堆裡推，然後勉強關上車門。有一個軍官繞著車子走了一圈，敲打車身的鐵皮，檢查車體是否牢固。另外一個軍官敏捷地爬上車頂，手裡拎了個罐子。勒利動彈不得地看著這個軍官打開車頂的一個小閘門，把罐子倒著放進車裡，然後把小閘門關上，閂好。當這個軍官爬下車時，車子晃得很厲害，還聽到悶住的尖叫聲。

勒利雙膝跪地一直嘔吐，他難過得一直跪在地上。尖叫聲逐漸消失。

當囚車靜止了下來，車門被打開，屍體像一塊塊大石頭滾了出來。

有一群犯人從房子的另一邊走了過來。大卡車倒車過去，犯人們開始把屍體裝上卡車，他們左歪右斜地搬運屍體，同時壓抑著沉重的心情。勒利目睹了不可思議的一幕。他搖晃地站了起來，站在地獄的門檻，心中的怒火熾熱地在燃燒。

第二天他起不了床，發著高燒。

•

七天之後，他才從昏迷中甦醒過來。有人輕輕地往他口中倒水。他感覺到有一條涼毛巾平放在額頭。

「好了，孩子，」聽到有人說話的聲音：「慢點。」

勒利張開眼睛，看到一位陌生人，是位長者，正盯著他的臉看。他以肘支持上身，陌生人幫了他一把。他錯愕地環顧左右。今天是星期幾？他在哪裡？

「新鮮空氣可能對你有好處。」男人說，一邊挽著勒利的手肘。

勒利被領到萬里無雲的外面，他想起最後有記憶的那一天，也是這樣的天氣，一想到就令他不寒而慄。他感到一陣暈眩，趔趄了。陌生人扶著他走到一堆木柴邊。

他把勒利的衣袖往上推，指著刺了的號碼。

「我叫匹潘，是個刺青師。你覺得我的手藝如何？」

「刺青師？」勒利問道：「你是說，這是你幹的？」

匹潘聳了下肩，盯著勒利說：「我別無選擇。」

勒利搖搖頭說：「這個號碼不是我最喜歡的。」

「那麼你更喜歡什麼？」

勒利狡黠地一笑。

「她叫什麼名字？」

「我的愛人？我不知道，我們還沒見面。」

匹潘笑了。兩人友善沉默地坐著。勒利用手摸了一下他的號碼。

「你說的話是什麼口音？」

「我是法國人。」

「我怎麼了？」勒利終於問道。

「斑疹傷寒。你本該死掉的。」

勒利顫慄了一下。「那我怎麼還會跟你坐在這裡？」

「我走過你的住處，他們正把你和一堆死了和快死的人往手推車上丟。有個年輕人哀求ＳＳ把你留下，他說他會負責照顧你。當他們去了隔壁時，他把你從車上推了下來，拖進屋裡。我幫了他一把。」

「那是多久以前的事？」

「七或八天吧。然後你的室友們就開始每晚照顧你。我則盡量在白天照顧你。你感覺如何？」

「我覺得挺好的，我不知該說什麼，該怎麼謝你。」

「你該謝謝那個把你從車上推下來的人，是他的勇氣讓你從鬼門關撿回一條性命。」

「我找到那個人時，一定會謝謝他。你知不知道他是誰？」

「對不起，我不知道。我們沒有交換姓名。」

勒利閉了一下雙眼，讓陽光曬暖他的皮膚，賦予他活下去的精力和意志力。他抬起下垂的雙肩，讓堅強的意志重新滲入。他仍然活著。他用軟弱的雙腿站著，挺直身體，試圖為他需要休息、養分和水分的病體吸入新的生命力。

「坐下，你仍然很虛弱。」

勒利承認了這個事實，聽從地坐下。只是現在的他挺直了背，聲調也比較堅強。他對匹潘笑了笑。從前的他又回來了，那個對知識和對食物一樣飢渴的勒利。「我看見你戴的是一顆紅星。」他說。

「啊，沒錯。我在巴黎是搞學術的，由於太坦率直言而害了自己。」

「你教什麼？」

「經濟學。」

「當個經濟學的教書匠就把能你整到這兒了，怎麼回事？」

「啊，一個人在課堂上教稅務和利率，就會不自覺地牽扯到國內政治。政治可以幫你瞭解世界大事直到你不瞭解為止，然後就為你帶來牢獄之災。政治和宗教都如此。」

「離開這裡後，你還會回到那個生活方式嗎？」

「好一個樂觀的人！我不知道我未來的人生，也不知道你的未來。」

在一片營建嘈雜聲、犬吠聲和侍衛的喊叫聲中，匹潘趨前問道：「你的靈與肉是否一樣堅強？」

勒利回望了一眼匹潘：「我是個倖存者。」

「那麼也許我可以幫助你在此倖存。」

「你有身居高位的朋友嗎？」

匹潘笑著拍了一下勒利的背。「沒有，沒有身居高位的朋友。如我所言，我是個刺青師。據我所知，送到這裡的人將大量增加。」

他們坐著沉思了一會兒。勒利腦子裡轉的是，在某處某人操控著決策權，不知以何種標準做出決定？如何決定送誰到這裡？以什麼資料為憑？種族、宗教，還是政治？

「勒利，我對你很好奇，我被你迷惑了。你有一股氣勢，即使生病都掩蔽不了的氣勢。這股氣讓你現在可以坐在我面前。」

勒利聽到匹潘說的話，可是沒弄明白。他們坐在這裡，這裡是個每一天、每小時、每分、每秒都有人死掉的地方。

「想不想和我一起工作？」匹潘把勒利從黯淡的心情中喚了回來。「或是你喜歡做現在他們分配給你的工作？」

「我只做能讓我活下去的事情。」

「那麼就接受我提供的工作吧。」

「你要我刺青？」

「總得有人做這件事。」

「我想我辦不到，致人傷疤和痛苦——你曉得，刺青為人帶來傷痛。」

匹潘把自己的袖子捋起來，露出他自己的號碼。「真的痛死了。如果你不做，自然會有比你更沒心沒肺的人做，那會傷人更重。」

「為工頭做事和褻瀆千百個無辜的人是不同的。」

一陣靜默後，勒利又跌進自己灰暗的沉思中。這些決策者有家人嗎？有妻子、孩子、雙親嗎？不可能沒有吧。

「你可以這麼說服自己。然而無論是幫我做事，或者為工頭幹活，或者蓋房子，你仍然是納粹的一個傀儡，做缺德事。」

「你說的很有道理。」

「所以呢？」

「那麼好吧。如果你安排好了，我就為你幹活。」

「不是為我幹活，是和我一起工作。但是你必須動作快，效率高，不要給ＳＳ機會找你的麻煩。」

「好的。」

匹潘站起來準備離開。勒利拉住他的袖口。

「匹潘，你為什麼選中我？」

「我看見一個餓得半死的年輕人冒著生命危險救你。我猜你一定是個值得救的人。

我明天來找你，現在你好好休息。」

•

那天晚上當同房的室友回來時，勒利發現阿倫不見了。他問那兩個同睡鋪的人，阿倫怎麼了，多久沒見了。

「大約一個禮拜。」他們回答。

勒利覺得他的胃沉重得要下墜了。

「工頭找不到你，」這人說：「阿倫本來可以告訴他你病了，可是這樣的話，他怕工頭又把你放上裝死人的手推車，所以他說你不見了。」

「然後工頭發現了實情？」

「沒有。」這人打了個哈欠，工作累的。「可是工頭很生氣，就把阿倫抓走了。」

勒利努力忍住淚水。

第二個鋪友轉過身用肘支著身子說：「你灌輸了他了不起的想法，他要救『人』。」

「救一個人就是救世界。」勒利接了他的腔。

這些人暫時陷入沉默。勒利望向天花板，眨眼擠掉眼淚。阿倫不是第一個在這裡死去的人，也不會是最後一個。

「謝謝你。」他說。

「我們當時盡量繼續阿倫開了頭的工作，看看我們是不是能救這個人。」

「我們輪流做，」下鋪有個年輕人說：「偷偷送水給你喝，分麵包給你吃，逼你吞嚥。」

另外又有個人接著說，說的人樣子很憔悴，一雙陰鬱的碧眼，聲調平淡，可是聽得出來他想說他那一部分的故事。「我們脫下你的髒衣服，幫你換上前一夜死掉的人的衣服。」至此勒利已無法控制，眼淚滾落他清瘦的雙頰。

「我不能……」

他不能做任何事，只能心存感激。他知道不能回報他欠的情。此時不能，此地不能，其實永遠都不能。

他聽到一陣希伯來文的聖歌，來自一群依然堅持信仰的人，他漸漸地睡著了。

•

第二天早上，勒利正在排隊準備領早餐，匹潘出現在他身旁，不聲不響地抓住他的賂賻，把他領到主院去。卡車正在那裡卸貨，是一群人。他簡直覺得邂逅了一場經典的悲劇。有一些相同的演員，大部分是新人，他們的台詞還沒寫好，角色也未定。他的人生歷練不足以讓他瞭解眼前發生的事情。但他記得他曾經到過這個地方，**是的，不是來參觀，是親身參與其中**。那麼我現在的角色是什麼？他閉上雙眼，想像他正在面對另外一個版本的自我。於是他看了一眼他的左臂，沒有看見號碼。他再張開雙眼，看到號碼真的刺在他的左臂上，然後他移目看著眼前的情景。

他看到幾百個新到的犯人聚集在那兒。有男孩，有年輕人。恐懼蝕刻在每一張臉上。彼此扶持著、擁抱著。SS和他們的惡犬把這些人當成羔羊一般驅趕到屠宰場，他們屈從。此時此刻將很快地決定他們的生死。勒利停了下來，沒再跟著匹潘，只是僵立在當地。匹潘快步走過來，把他領到一些小桌前，桌上放著刺青的工具。那些被篩選出來的人，排成一行被領到他們的桌前，他們將接受刺青。其他新到的人——老的、生病的、沒有技能的——是一群行屍。

一聲槍響把眾人嚇了一跳，有個人倒下了。勒利往槍聲的方向望去，匹潘馬上抓住他的臉，將他扭身回來。

一群SS朝匹潘和勒利走了過來。他們多數是年輕人，護衛著一位年長的軍官。軍官看上去四十多歲，穿著無可挑剔的制服，背脊挺直，端戴軍帽——十足像個人體服裝模型。勒利想起他在布拉迪斯拉發的百貨店工作時，偶爾會為這樣的人體時裝模型打扮。

這位ＳＳ軍官停步於他們面前。匹潘趨前，勒利看著他對軍官鞠躬示意。

「豪斯泰克班長，我徵募了這個犯人幫我忙。」匹潘指著身後的勒利。

豪斯泰克轉身對著勒利。

匹潘繼續說：「我相信他很快能上手。」豪斯泰克嚴厲地看了一眼勒利，然後勾勾手指示意他趨前。勒利照辦了。

「你會說什麼話？」

「斯洛伐克文、德文、俄文、法文、匈牙利文和一點波蘭文。」勒利看著他回答道。

「哼。」豪斯泰克就走了。

勒利湊過去跟匹潘耳語道：「一個話很少的人。我猜我得到了這份工作？」

匹潘轉過頭對著勒利，激動得紅了眼，小聲地說：「你不可低估他。你得放棄逞強，要不然就得放棄生命。下次和他說話時，視線不可以超過他的靴子。」

「對不起，」勒利說：「我以後不會了。」

我何時才能學會啊？

第三章

一九四二年七月

勒利正慢慢地甦醒，他盡量想延續那個讓他笑逐顏開的夢。繼續，繼續，讓我再在這場夢裡待久一點，拜託……

勒利喜歡和各種各樣的人來往，但他尤其喜歡和女性來往。無論她們多大年紀，外表如何，怎麼穿戴，他覺得她們全都美麗。他每天最期待的就是在婦女部門走來走去。那時候他會跟櫃檯後的女士打情罵俏，有的年輕，有的上年紀了。

勒利聽見百貨商店大門打開的聲音，抬頭看見一個女人匆忙走進店，後面跟著兩個斯洛伐克軍人。他們只跟到店門口就不進來了。他趕忙走過去，面帶令她消除戒心的笑容。「沒事，」他說：「這裡有我，妳很安全。」她握住他伸過來的手，他帶領她朝著擺滿了奢侈香水的櫃檯走去。他檢視著貨架，選中了一瓶後，拿到她面前。她調皮地扭動她的脖頸。勒利輕輕地噴了些在她脖子的一邊，然後又噴了些在另一邊。她轉頭的時候，他們四目相對了一下。她把兩隻手腕也伸了出來，每隻都領到了獎賞。她把一隻手腕湊到鼻子前面，閉上眼輕嗅，再把它伸給勒利。他輕握著她的手，送到臉旁，低下頭吸入香水和青春混合的醉人氣息。

「對了，這正適合妳。」勒利說。

「我買了。」

勒利把瓶子交給在候著的商店助手。他於是動手包裝好。

「還有什麼我可以為妳效勞的嗎？」

不同的臉在他眼前閃現，歡樂的女子在他面前舞蹈，快樂極致地活著。勒利握著在婦女部門遇見的年輕女士手臂。夢境突然快速前進，勒利和這個女子走進了一間優雅的餐館，只有牆上燭台發出微弱的光芒。每一張餐桌上有一根閃爍的蠟燭壓在凸花桌布上。昂貴的珠寶飾物把不同的顏色投影到牆壁上。銀餐具和精緻瓷器發出的叮噹聲，屋中的角落裡一個只看得到側影的四重奏樂隊，他們演奏出悅耳音樂聲將一切柔化。餐館的禮賓人員和氣地接待他，取走了他同伴的大衣，引領他們到一張餐桌前。他們坐好之後，經理拿了一瓶酒讓勒利過目。勒利雙眼沒有離開過伴侶，只示意地點點頭，酒就被拔塞倒好。勒利和這位女士同時觸摸酒杯，舉杯啜飲，眼睛不曾離開彼此。勒利的夢境又往前跳躍，他快要醒過來了。不對，現在他正在衣櫥裡翻找合適的西裝、襯衣、領帶。挑來挑去，終於找到搭配的領帶打上。他穿上刷得鋥亮的皮鞋，從床頭櫃抓起鑰匙和皮夾放進口袋，低頭為他睡伴將臉上的一綹散髮捋好，在她額頭上輕吻了一下。她動了動，笑笑，用沙啞的聲音說，「今晚……」

•

外面一聲槍響把睡夢中的勒利嚇得彈了起來。同床的鋪友想看看凶險從何而來時，推撞到他。女子溫柔的肢體仍然停留在他的意識裡，勒利慢吞吞地起床，成了最後一個排隊被點名的人。喊到他的號碼時他也沒回應，旁邊的犯人就用手肘頂了他一下。

「怎麼搞的？」

「沒事……唉，有事，這個鬼地方。」

「一切都跟昨天一樣，並且明天也一樣。是你教我的。你怎麼變了？」

「你對了——一樣，一樣。只是我作了個夢，夢見我從前認識的一個女子，那像是上輩子的事了。」

「她叫什麼名字？」

「我不記得了，那不重要。」

「那你不愛她嗎？」
「她們我全都愛，只是沒人能擄獲我的心。你懂嗎？」
「不太懂。我只會愛一個女孩，並會和她共度一生。」

●

一連下了好多天雨，今天早上勒利和匹潘正準備開工時，有一點陽光透射入灰暗的比克瑙大院。他們有兩張桌子，幾瓶墨水，很多針頭。
「準備好，勒利，他們來了。」
勒利抬頭看了一眼，驚愕地看見幾十個年輕女子被帶領著往他們這邊走來。他知道在奧斯威辛有女孩子，但不是在這裡，不在比克瑙，這個地獄中的地獄。
「勒利，今天有點不尋常——他們把一批女孩從奧斯威辛搬到這裡，而且有些人要重新刺號。」
「什麼？」
「她們的號碼是用個戳子印上去的。不行，我們得中規中矩地幫她們重做。勒利，沒有閒工夫讓你讚賞她們了——幹活吧。」

「我辦不到。」

「幹你的活，不要跟她們說話，不要做蠢事。」

這批年輕女子的長隊伍蜿蜒出了他的視線。

「這個我辦不到，求求你了，匹潘，我們不能這麼做。」

「可以的，你能的，勒利。如果你不做，有別人會做，那麼我就白救你了。勒利，乖乖幹你的活。」匹潘盯著勒利的眼睛不放。畏懼滲入勒利的骨髓。匹潘是對的，循規蹈矩或是冒生命危險，二者只能擇其一。

勒利開始了「工作」。他忍著不抬頭看，伸手拿了遞給他的紙條。他必須把紙條上的數字轉刺到女子的身上。她的臂上已經刺了一個號碼，但已淡褪了。他把針頭刺入她的左臂，是個4字。他盡可能地輕輕刺。血溢了出來。但針刺得還不夠深，他只好用針又描了一次。勒利曉得他扎痛了她，但她並沒畏縮。**他們曾經被警告過——不准說話，不准輕舉妄動**。他抹去血跡，然後在傷口上塗了綠色的墨汁。

「快點！」匹潘小聲說。

勒利花的時間是太長了。為一個男子刺青是一回事，玷污一位年輕女子的玉體卻是一件可怕的事情。勒利抬頭看見一個穿白大褂的男人慢慢走向一排年輕女子。他不時停下來，看著寒蟬般的女子，檢視她們的臉和身體。他終於走到了勒利身旁。當勒利盡可能地輕握著面前女子的手臂時，這個男人伸手抓住了她的臉，魯莽地左右搖擺。勒利望向她驚恐的雙眼。在她啟唇要說話的一刻，勒利緊捏了一下她的手臂，示意她噤聲。他用唇語對她說：「噓，」穿白大褂男子的手放開了她的臉，走了。

「很好。」他輕輕說，然後繼續刺另外三個號碼——562。當他都刺完了，他仍握著她的手臂不放，又看著她的雙眼。他勉強地笑了一下，她也回以一個微笑。此刻她的雙目居然在他眼前舞動。當他注目時，他的心臟似乎停了一下，然後又跳了起來。這是他從來沒有過的經驗，猛然跳動的心幾乎破腔而出。當他低頭時，看見地面似乎在移動。又有一張紙條塞了過來。

「快點，勒利！」匹潘輕聲催促他。

他再抬頭時，她已走了。

●

幾個星期後，勒利如常去上班。桌子和工具都已準備就緒，他左顧右盼，焦急地在等匹潘。很多人向他這邊走來，他吃驚地看見豪斯泰克班長也走過來，有一個年輕的SS軍官陪著他。勒利把頭低下，記起了匹潘說過的話：不要低估他。

「你今天得獨自工作。」豪斯泰克咕噥道。

豪斯泰克正要轉身走開時，勒利低聲問道：「匹潘去哪兒了？」

豪斯泰克停下來，轉過身盯著他看。勒利的心臟停跳了一下。

「今後你就是刺青師。」豪斯泰克轉身對ＳＳ軍官說：「還有就是，他今後由你負責。」

豪斯泰克走後，這個ＳＳ軍官舉槍對著勒利。勒利回望，看見這個骨瘦如柴小子的一對黑眼珠，面帶狠毒的黠笑。勒利終於不再盯著他。**匹潘，你跟我說這份工作會幫我活下去，可是你呢？**

「我的命運似乎掌控在你的手上，」這個軍官咆哮著說：「你覺得你該怎麼辦？」

「我會盡可能不讓你失望。」

「盡可能？你得盡全力。你不能讓我失望。」

「是的，長官。」

「你住在哪一排房？」

「第七排房。」

「你在這兒幹完活後，我會帶你去一個房間，是你以後住的新棚屋。你以後就住那兒。」

「長官，我喜歡現在住的地方。」

「不要犯傻，你現在是個刺青師，你需要受到保護。你現在是為ＳＳ的政治部門工作——他媽的，也許我該怕你才是。」黠笑又出現了。

勒利撐過了這一回合的審問，得寸進尺地說：「你知道，如果我有個幫手的話，工作進度會快很多。」

這個軍官往勒利跟前邁了一步，輕蔑地上下打量他。

「你說什麼？」

「如果你派個人幫我忙，進度會快很多，那麼你的老闆會高興的。」

就好像豪斯泰克下了命令一樣，這個軍官轉身走到年輕人排隊的地方，這些人都在等著刺青。每個人都低著頭，只有一個例外。勒利很怕軍官會選那個盯著他看的人。出乎意外的是，軍官就是拉著這個人的手臂走到勒利的跟前。

「你的助手。先給他刺青。」

勒利接過年輕人拿著的紙條，很快地刺了他的手臂。

「你叫什麼名字？」

「里昂。」

「里昂，我叫勒利，刺青師，」他說，語調聽上去像匹潘一樣堅定：「你現在站在我旁邊，看我怎麼工作。明天開始你將是我的助手。這可能會救你的命。」

•

刺完最後一個犯人，太陽就下山了。這個犯人被推搡著往他的新住處走去。看守勒利的人一直都沒走遠，總是保持著幾呎的距離。這個警衛叫巴雷特斯基，他走到勒利和他的新助手跟前。

「把他帶到你現在住的那一排房子，然後回到這裡。」

勒利匆忙地帶里昂去了第七排房。

「明早你在房外等我，我會來接你。如果工頭問你為什麼不跟別人一起去蓋房子，你就告訴他，你現在幫刺青師做事。」

•

勒利回到工作站，發現他的工具已經被收進一個公事包，桌子也被折好收起。巴雷特斯基站在那兒等他。

「把這些帶到你的新住處。每天早上去行政樓報到，領材料，再接受當天該到哪兒去的指令。」

「我可不可以要求多一張桌子和一些材料給里昂？」

「誰？」

「我的助手。」

「就跟行政樓的人要你需要的東西。」

他把勒利帶到集中營裡一個正在營建的區域。很多房子還沒蓋好，一陣陰森的寧靜讓勒利不寒而慄。有一排房子已經完工，巴雷特斯基讓勒利看了一間靠門邊的單人房。

「你睡這裡。」巴雷特斯基說。勒利把一袋工具放在堅硬的地上，看了一眼這個既小且隔離的房間。他已經開始想念第七排房的朋友了。

巴雷特斯基跟著告訴勒利，他以後得在一個靠近行政樓的地方吃飯。因為他是刺青師，將會得到額外的配給。他們去吃飯的路上，巴雷特斯基解釋道：「我們要讓工人有精力幹活。」他示意勒利去排隊領晚餐，「你要充分利用這個機會。」

巴雷特斯基走開後，勒利手裡接過一勺稀湯和一大塊麵包。他狼吞虎嚥地把兩樣東西都吃完。

正要離去時，他聽到有人幽幽地說：「如果想要的話，你可以再多吃一點。」

勒利又要了一份。他看了看，附近的犯人都靜靜地吃飯，不客套，偶爾鬼鬼祟祟地一瞥。彼此的不信任和恐懼感是很明顯的。他離開了，把麵包塞在袖管裡，朝他的舊居第七排房走去。當他進房時，跟工頭點頭打了個招呼。工頭似乎曉得他已經不能再使喚勒利了。勒利進去後，和許多同住過的人打招呼，他們曾經一起擔驚受怕，一起夢想另外的人生。當他走到從前睡過的鋪位時，看見里昂坐在那兒，兩腳懸掛在床邊。勒利看著這個年輕人的臉。他大大的藍眼睛透露著溫和與誠懇的目光，很惹人喜愛。

「你跟我出來一下。」

里昂從床上跳下來，跟著他走出去。所有的眼睛都看著他們兩個。他們從房子旁邊繞過去，勒利從袖管裡抽出一大塊已經不新鮮的麵包遞給里昂，里昂吞下去。等他都吃完了才道謝。

「我知道你錯過了晚餐。現在我能得到超額的配給。如果可能的話，我會設法跟你和其他人分吃。現在你回房，就跟他們說，我把你拽出來罵了一頓。要低調謙虛。明早見。」

「難道你不要讓他們知道你拿到額外的配給嗎？」

「不要。讓我摸清楚了情況再說。我沒辦法同時幫所有人，他們也不需要多個理由互相爭鬥。」

他看著里昂走進他的舊棚屋，心生一種複雜又難以表達的感覺。**如今我是個享特權的人，我是不是應該更小心謹慎？我過去的身分並不能提供我任何保護，但失去了舊身分，為什麼我覺得心酸？**他信步走進蓋了一半房子的陰影裡，無比孤獨。

那天晚上，勒利幾個月以來第一次可以伸直了四肢睡覺。沒人踢他推他，在他獨據的奢華床上，他覺得像個國王。一如國王，他得格外注意要跟他交朋友和把他當心腹的人的動機。**他們是不是嫉妒？是不是要取我而代之？我有沒有被誣告的危險？**他目睹過貪污和不信任的後果。這裡大部分的人認為，如果人少了，每人就可以多分一點食物。食物就是錢財，有它就可以生存，就有精力幹活，就可以多活一天。沒了它，人就衰弱到什麼都不在乎了。他的新身分把生存這件事複雜化了。他很確定當他離開住處，走過一群筋疲力盡的人回到棚屋時，有人在背後低語「通敵者。」

•

第二天早上，勒利和里昂在行政樓外面等候，巴雷特斯基人一到，就直誇他們來得早。勒利手裡拎著公事包，桌子已經擺放在他身旁。巴雷特斯基叫里昂在原地待著，讓勒利跟著他進去。進去後，勒利往大接待區周圍望了一下，看見往不同方向延伸的走廊毗鄰一些辦公室。在一張大接待檯後面有一排小辦公桌，許多年輕女子正在那裡勤奮地工作——整理檔案，抄寫文件。巴雷特斯基把他介紹給一個ＳＳ軍官——「見一見我們的刺青師」——然後吩咐勒利每天在這裡領取材料和接受指令。勒利要求多一個桌子和一套工具，因為在外面等著的助手需要用。二話不說，軍官就答應了。勒利鬆了一口氣，至少他讓一個人免於做苦工了。他想起了匹潘，默默地謝謝他。他拿起桌子，把額外的材料塞進公事包裡。勒利轉身正要走，一個行政人員叫住了他。

「你要隨時隨地帶著你的公事包，並且表明你的身分是『政治部職員』，那樣就不會有人找你麻煩了。每天晚上把寫了號碼的紙張交回來，但是你保留那個公事包。」

站在勒利身邊的巴雷特斯基哼了一聲說：「沒錯——有了那個公事包，再加上你說的那句話，你就安然無恙了，當然我是例外。如果你把事情辦砸了，讓我惹上了麻煩，那麼公事包啊，或者那句話啊，都救不了你。」他把手放在手槍的皮套上，不停地開關皮套，還喘著氣，愈喘愈粗重。

勒利很識相地垂下眼瞼走開。

犯人不分晝夜地被從奧斯威辛運送到比克瑙。勒利和里昂經常二十四小時都在工作。這種時候，巴雷特斯基就會顯露他最醜陋的一面。他會對里昂大吼大叫，罵他或打他，責怪他手腳太慢，害他沒覺睡。勒利很快發現，這種時候要是他勸阻，虐待的情況就會更糟。

有一天清早在奧斯威辛，勒利和里昂終於完工。還沒收拾完，巴雷特斯基就轉身走了。不久他又回來了，臉上一副猶豫不決的表情。

「去他媽的——你們兩個自己走回比克瑙吧。今晚我就睡這裡，你們只要明早八點回到這裡就行了。」

「我們如何知道時間？」勒利問道。

「我才不管你他媽的怎麼知道，就得準時到，而且絕對不可以逃跑。否則我會親自追捕你們，然後慢慢把你們殺掉。」說完就蹣跚地走了。

「我們現在該怎麼辦？」里昂問道。

「就照著這個混蛋說的話做。走吧——我會準時把你叫醒趕到這裡。」

「我累死了，我們可不可以就待在這裡？」

「不行。明天早上，如果在你住的地方他們看不見你，就會到處找你。快點，走啦。」

太陽一出勒利就醒來，接著他和里昂走了兩哩半回到奥斯威辛，等了一個鐘頭，巴雷特斯基才出現。很明顯的，他昨天離開之後，沒有馬上上床睡覺，而是熬夜喝酒。當他有口臭時，他的脾氣就更臭。

「趕快行動。」他咆哮著。

因為沒有看到任何犯人，勒利只好不情不願地問道：「去哪兒？」

「回比克瑙。他們剛把一批新犯人送到那裡。」

•

三個人一起朝比克瑙的方向往回走途中，里昂不小心絆了一跤，跌在地上——過度疲勞加上營養不良把他給壓垮了。他勉強站了起來。巴雷特斯基故意把腳步放慢，似乎在等待里昂跟上來。當里昂追上了，巴雷特斯基伸出一條腿，絆得他又摔了一跤。一路上，巴雷特斯基要這個惡作劇好幾次。走這麼一趟，再加上絆摔里昂得到的樂趣，讓他從宿醉中清醒過來。每次他都看看勒利有什麼反應，結果什麼都沒有。

回到比克瑙時，勒利驚訝地發現，豪斯泰克正在監督選擇誰會被送到勒利和里昂那裡，那樣就可以多活一天了。他們開始工作後，巴雷特斯基在年輕人的隊伍前走來走去，做樣子給他的上司看，以示稱職。也許是過度疲勞吧，當里昂為年輕人刺青時，被他們的尖叫聲嚇得把刺青工具掉到地上。他正要俯身撿起，巴雷特斯基就用槍托在他背上重擊了一下，把他的臉壓在泥地上，再用腳踩上他的背，把他往下壓。

「如果你讓他起來幹活，我們可以早點把事情做完。」勒利說。他看得見巴雷特斯基腳下的里昂正急促地喘氣。

豪斯泰克逼近他們三人，和巴雷特斯基咕噥了些什麼。當他走遠了，巴雷特斯基酸溜溜地笑了笑，把腳往里昂身上使勁地再踩一下才鬆開。

「我只是一個幫ＳＳ做事的謙卑的僕人。而你，一個刺青師，是在政治部羽翼下被贊助照顧的人，是直接向柏林當局負責的。那天當那個法國人把你介紹給豪斯泰克時，你真是吉星高照啊。你還告訴他你多聰明，會說很多種語言。」

勒利對此真不知道該怎麼回應，只好埋首工作。咳嗽著的，滿身爛泥的里昂從地上爬了起來。

「所以說，刺青師，」巴雷特斯基說，臉上帶著不懷好意的微笑：「我們交個朋友如何？」

•

當刺青師有個好處，就是會知道今天是幾月幾號。日期就寫在交給他的幾張紙上，早上發給他，傍晚交回去。然而並不是只有這些紙張告訴他日期。星期日是唯一的一天犯人們不必工作，可以在大院裡閒逛，或者一小堆一小堆的人聚在住房附近——他們把友誼帶到了集中營，大夥交了朋友。

遇見她那天，是個星期日，他立刻認出了她。他們走向對方。勒利是一個人，她則是跟好幾個女子一起，都剃了光頭，素衣素服。她看起來和其他人一樣，除了那雙眼睛，黑色的——不，是棕色，那是他見過最深的棕色。這是他們第二度凝視，看進了彼此靈魂的深處。勒利覺得他的心臟停了一下，彼此的注目還在延續。

「刺青師！」巴雷特斯基拍了一下勒利的肩膀，打斷他的沉迷。

犯人們都走了，因為他們不要靠近任何ＳＳ軍官或者跟他們談話的人。一群女孩子都散去，只剩下她看著勒利，勒利也看著她。巴雷特斯基看看這個，又看看那個。三人鼎立像個等邊三角形，都在等別人先採取行動。巴雷特斯基面帶會心的微笑。有一個女孩子壯了膽走過來，把她帶回女孩堆裡。

「太好了。」當他和勒利離開時，忽然這麼說。勒利沒理他，他正在極力壓抑內心對他的憎恨。

「你要不要跟她見面？」勒利還是不理他。

「給她寫信，告訴她你喜歡她。」

他到底以為我有多傻？

「我會提供你紙筆，還可以幫你把信交給她，如何？你知不知道她的名字？」

勒利默念：4562。

勒利繼續往前走。他知道如果一個犯人被逮到擁有紙筆，就會被處死。

「我們上哪兒去？」勒利換了個話題。

「去奧斯威辛，醫生先生需要更多的病人。」

勒利感到一陣寒意通過全身。他記得那個穿白大掛的人用他長滿了毛的手去摸那個漂亮女子的臉。勒利從來沒有見過一個醫生讓他像那天那樣感到不安。

「可是今天是星期天。」

巴雷特斯基笑了。「啊，你以為別人在星期天不必工作，你也就可以放假了？你要不要跟醫生們討論一下這件事情？」巴雷特斯基的笑聲變得更加尖銳，勒利聽得毛骨悚然。「就算為了我吧，刺青師，告訴醫生你今天休假，那樣我會開心的。」

勒利曉得何時該閉嘴。他向前邁步，拉開和巴雷特斯基的距離。

第四章

走往奧斯威辛的路上，巴雷特斯基似乎心情很好，不斷向勒利發問。「你幾歲啦？」「你以前是幹什麼的——我是說在你被送到這裡之前？」

對於這些問題，勒利大多以另外一個問題作答，他很快就發現巴雷特斯基喜歡談他自己。勒利得知巴雷特斯基只比自己小一歲，除此之外他們無一相同之處。當他談起女人時，就像個青少年。勒利決定利用他這一點，於是他告訴巴雷特斯基對付女人的致勝之道：不外乎尊敬她們和弄清楚她們在乎什麼。

「你有沒有送過花給女孩子？」

「沒有，我為什麼要做那種事？」

「因為她們喜歡男人送花給她們。如果花是你親自採的就更好了。」

「嘿，我才不幹呢。會被譏笑的。」

「被誰？」

「我的朋友們。」

「你是說別的男人？」

「啊，對——他們會認為我太娘了。」

「那麼你認為收到鮮花的女孩會怎麼想？」

「她會怎麼想重要嗎？」他俏皮地笑笑，把手放在私處往上提了提。「這就是我要的，也是她們想要的。這種事我最清楚。」

勒利繼續往前走，巴雷特斯基跟了上來。

「怎麼了？我說的不對嗎？」

「你真的想知道？」

「沒錯。」

勒利轉身對著他。「你有姐妹嗎？」

「有，」巴雷特斯基說：「有兩個。」

「你想要男人對待你的姐妹像你對待別的女人那樣嗎？」

「如果有人那樣對待我妹妹，我就殺了他們。」巴雷特斯基把手槍從槍套裡抽了出來，朝空中放了幾槍。「我就殺了他們。」

勒利閃身往回跳。槍聲在他們四周縈繞不散。巴雷特斯基喘著氣，滿臉通紅，眼神陰暗。

勒利舉起雙手。「知道了，我只是忽然想到就提了。」

「不准再提這件事了。」

●

勒利發現巴雷特斯基不是德國人，而是出生在羅馬尼亞一個與斯洛伐克交界的小城，距離勒利的家鄉克龍帕希只有幾百哩。他先是逃家到柏林，參加了希特勒的青年團，然後參加了ＳＳ。他痛恨他的父親，因為他常常毒打他和他的兄弟姐妹。他很擔心仍然住在老家的姐姐和妹妹。

那天晚上當他們走回比克瑙時，勒利輕聲地對他說：「如果你不介意的話，我願意接受你提供的紙筆。她的號碼是4562。」

晚餐之後，勒利悄悄地回到第七排房。工頭看了他一眼，沒說什麼。

勒利讓第七排房的朋友們分享他超額的配給，也就是幾片麵包皮而已。眾人聊著天，互通消息。虔誠的教徒如常地邀請他參加他們的晚間祈禱，他委婉地謝絕了。他們也委婉地接受了他的謝絕。這也是慣例。

•

勒利在他獨居的房間裡醒來，發現巴雷特斯基就站在他床前。他進來之前沒敲門——他一向如此——不過今天他看起來有點不一樣。

「她住在第二十九排房。」他把一枝筆和幾張紙遞給勒利。「拿著，你寫信給她，我負責交到她手裡。」

「你知道她的名字嗎？」

巴雷特斯基的表情為勒利提供了答案。**你覺得呢？**

「一個鐘頭後我回來拿信給她。」

「給我兩個鐘頭。」

勒利苦苦思索，該寫什麼給4562號犯人。**該怎麼起頭？該如何稱呼她？**最後他決定化繁為簡：「哈囉，我叫勒利。」巴雷特斯基回來時，他交給他一頁紙，上面只寫了幾句話。他告訴她，他來自斯洛伐克的克龍帕希，他的年齡，家裡有些什麼人，他衷心期望他們都安然無恙。他懇求她下星期天到行政樓附近，他會盡可能到那裡。如果他沒來，就是因為他的工作與一般人不同，往往調度無常。

巴雷特斯基接過信，當著勒利的面唸了一遍。

「你就說這些？」

「其他的當面再說。」

巴雷特斯基躋身坐在勒利的床上，誇口如果他是勒利的話——也就是說，不知道自己能否活到星期天，那麼這信他會怎麼寫。勒利衷心感激他的建言，不過他寧願碰碰運氣。

「好吧。我會把這封所謂的信遞給她，再提供她筆和紙回信。我會告訴她明早我來拿——好給她整整一個晚上思考她到底喜不喜歡你。」

他離開房間時，對勒利嘻嘻地笑了笑。

我幹了什麼？他這麼做會讓4562陷入險境。他是有保障的人，她不是。但即使如此，他仍然想要，需要，冒這個險。

•

第二天，勒利和里昂一直工作到傍晚才結束。巴雷特斯基一直在附近巡邏，時不時地向排隊的犯人示威，把長槍當警棍來用，看誰不順眼就給他一槍托。他一直面帶陰險狡猾的微笑。很明顯的，他喜歡在排隊人群前昂首闊步走來走去。就在勒利和里昂做完事收拾東西時，他從口袋裡拿出一張紙條交給勒利。

「哦，刺青師，」他說：「她沒說什麼。我覺得你真該換個女朋友。」

勒利正要伸手去拿，巴雷特斯基就俏皮地抽了回去。勒利心想，好吧，如果你要玩這個把戲就自己玩吧，他轉身走了。巴雷特斯基追上來，把便條給他。勒利輕輕地點了下頭表示感謝。他把便條收進公事包裡，往他吃晚餐的地方走去。他看著里昂要回到住處，心想他一定又錯過吃飯的時間了。

勒利到達飯廳後，發現只剩下少量的食物。他一吃完，就抓起幾塊麵包塞進袖管裡，一面咒罵著，因為他的俄軍制服被換成現在這身像睡衣的衣服，沒口袋。他走進第七排房，得到如常輕聲的齊聲問候。他告訴他們，他只帶來足夠里昂和另外兩個人吃的分量，並答應明天會想辦法多帶一點。他縮短了待在那兒的時間，匆匆回到住處。他要閱讀埋在一堆工具之下的文字。

他坐上床，把便條貼在胸口，憧憬4562寫信給他的樣子。他等不及，終於將它打開。

「親愛的勒利，」信是這麼開始的。跟他一樣，這個女子很謹慎，她只寫了幾行。

他得知她也來自斯洛伐克，比勒利先到達奧斯威辛，就在四月上旬。她在一個綽號叫「加拿大」的倉庫工作，主要是把從別的犯人那兒沒收來的東西分類。星期天她會去大院找他。勒利反覆地唸了便條好幾次，再把便條翻來覆去看了又看，從公事包裡拿出一枝鉛筆，在便條背面潦草地寫了幾個大粗字：**妳的名字呢？妳叫什麼名字？**

•

第二天早上，巴雷特斯基只帶了勒利去奧斯威辛。因為新送過來的犯人不多，里昂可以休息一天。巴雷特斯基開始以便條為題跟勒利開玩笑，說他太久沒接觸女人，所以生疏了。勒利沒搭理他的玩笑，問他最近有沒有讀過什麼好看的書。

「書？我不讀書的。」巴雷特斯基咕噥著道。

「你應該讀。」

「為什麼？讀書有什麼用？」

「可以學到很多東西。如果你可以從書裡引用幾句話或者背誦幾句詩，女孩子們會喜歡的。」

「我不需要引用書，我有制服，這就足夠讓我追到女孩子了。她們很喜歡制服。你知道，我有個女朋友。」巴雷特斯基誇口說。

對勒利而言，這倒是個新聞。

「太好了。那她喜歡你的制服囉？」

「當然了。她甚至穿上我的制服後，一面齊步走，一面敬禮——自以為是希特勒。」冷笑的他，模仿著他的女友，昂首闊步地走，並舉起手臂高呼：「希特勒萬歲！希特勒萬歲！」

「她喜歡你的制服並不表示她喜歡你。」勒利直言不諱地說。

巴雷特斯基停下步伐。

勒利咒罵自己做這麼粗心的評論。他慢下腳步，衡量該不該回去跟他道歉。他決定不要，他要繼續往前走，靜觀其變。他閉上雙眼，一步步地慢慢往前走，預期聽到槍聲。結果他聽到的是身後的跑步聲，有隻手使勁拉住他的衣袖。「刺青師，你真是這麼認為嗎？她只是因為我穿這身制服才喜歡我？」

勒利鬆了一口氣，轉身對他說：「我怎麼會知道她到底喜歡什麼？不如你再告訴我一些有關她的事情？」

他並不想繼續這番對話，可是他剛躲過一顆子彈，別無選擇。結果他發現巴雷特斯基對他所謂的「女朋友」瞭解得很有限，主要是他從來沒有問過關於她的事情。勒利簡直無法忽略這個新發現，他不自覺地告訴巴雷特斯基該如何對待女性。他的大腦下指令要他閉嘴，他何必關心身邊這個魔鬼是否能夠對女性以禮相待？他希望巴雷特斯基不能從這裡活著出去，再搞別的女人。

第五章

星期天一大早，勒利從床上一躍而起，急忙跑出房間。太陽已經升起。**人都哪兒去了？鳥都哪兒去了？怎麼沒有鳥叫聲？**

「今天是星期天！」他對著空氣大聲喊叫。他轉了一圈，發現有長槍從附近的警戒塔對著他瞄準。

「啊，不妙！」他衝回棚屋，槍聲穿破寧靜的黎明。警衛似乎存心要嚇嚇他。勒利明明知道這一天是讓犯人睡懶覺的，即使不睡也不要走出棚屋，直到餓得肚子痛才去領一杯黑咖啡和一塊不新鮮的麵包。警衛為了找樂子，又對著棚屋開了一槍。

回到小房間裡，勒利來回地踱步，排練著見到她時要講的話。

「**妳是我見過最美麗的女孩**」這句話他試了好幾次，也否定了好幾次。由於她剃了光頭，又穿著別人穿過大了幾號的舊衣服，她不會覺得自己美麗。即使如此，他覺得不應該徹底否決這句話。也許就簡單地說一句——妳叫什麼名字？——然後看她如何回應再說。

勒利強迫自己待在屋裡，直到聽見他熟悉的集中營犯人起床的動靜。首先是尖銳的口哨聲摧毀了犯人們的睡夢，然後是宿醉未消、睡眠不足、脾氣暴躁的ＳＳ吼叫著發號施令，裝著早餐的大甕叮叮噹噹地被運到棚屋前。搬運大甕的犯人不停地呻吟，日漸衰弱的身體讓他們感覺大甕愈來愈重。

他漫步走到吃早點的地方，加入可以多領食物的人群。像往常一樣，人們點頭打招呼，抬頭望一眼，間或有個笑臉，但不交談。他吃了一半領來的麵包，把另一半塞進袖筒裡，再把袖口翻邊收緊，以免麵包掉出來。如果可能的話，他會讓她吃這幾塊麵包，否則就給里昂。

來自不同棚屋的人，因為不必工作，三五成群地坐在一起曬太陽，享受這夏日最後的陽光，秋天轉眼就要到了。他往回走準備去大院找她，突然發現他沒帶公事包，那可是他的**命根子**。他從來沒有離開房間不帶它的，今天早上怎麼了？**我怎麼這麼恍神**？他急忙跑回住處，出來時，手拎公事包，昂首——一副要執行任務的樣子。

時間感覺像是過了很久，勒利在同營犯人間走來走去，一面跟他相熟的第七排房犯人聊天，一面在女孩堆裡找她。當他正和里昂聊天時，直覺頸後的汗毛豎了起來——有種癢癢的感覺，好像有人在背後望著他。他轉過身來，她就在眼前。

她正在跟另外三個女孩聊天，發現他正在看著她，就不聊了。勒利往女孩的方向走去，女同伴們往後退了幾步，藉以跟這個陌生人保持距離。她們聽說過勒利，於是留下她獨自站在那兒。

他走近她，她的雙眸再次吸引他。女伴們在一旁咯咯笑，她試探性地笑了笑，這一笑幾乎讓勒利說不出話來。他鼓足勇氣把麵包和信遞給她。信裡說，他控制不了自己，所以要告訴她對她不斷的思念。

「妳叫什麼名字？」他問道：「我要知道妳叫什麼名字。」

有人在他身後說道：「吉達。」

他還想做點或說點什麼，但吉達的朋友已經趕忙過來拉著她走了，一邊走一邊向她問長問短。

●

那天晚上，勒利躺在床上不停地重複她的名字：「吉達，吉達，多美的名字。」

在女子集中營第二十九排房裡，吉達和她兩個女伴，戴娜和伊凡娜，蜷臥床上，一束泛光燈的光從木板牆的隙縫間射了進來。吉達艱難地借這點光來唸勒利的信。

「妳到底要唸幾次啊？」戴娜問道。

「哦，我不知道，唸到我把每個字都背下來為止。」吉達回答道。

「那要到什麼時候？」

「大約兩小時之前。」吉達咯咯地笑了。戴娜緊緊摟著她的朋友。

•

第二天早上，吉達和戴娜是最後走出棚屋的兩個人。她們手挽手，聊著天，沒注意周遭的事物。一走出棚屋，就有一個SS軍官無預警地用槍托往吉達的背上重重敲擊。兩個女孩同時摔倒地上。吉達痛得叫出聲來。他以長槍示意要她們起身，她們站了起來，雙目低垂。

他望著她們厭惡地咆哮：「馬上抹掉笑容。」他把手槍從槍套裡抽出，槍口頂住吉達的太陽穴，然後命令另外一個SS軍官：「今天不給她們食物。」

他走了之後，女工頭過來，迅速地抽了兩人耳光，「不要忘記妳們身處何地。」說完就走了。吉達把頭靠在戴娜的肩膀上。

「我有告訴妳，下禮拜天勒利會找我聊天吧？」

•

星期天，犯人們在大院裡閒逛，有獨自一個人，也有一小群的，有的人太累太弱了，只能背靠房子坐著。一小群ＳＳ四處漫步，聊著天，抽著菸，完全不管犯人的舉動。吉達和她的女伴也在閒逛，面無表情。除了吉達，大家都在低聲聊天，她在四處觀望。

勒利看著她和她的女伴們，吉達擔心的模樣引得他笑起來。每當她快要看見他時，他就躲到其他犯人背後。他慢慢地靠近，戴娜先看見他，正要出聲，勒利就用手指貼唇示意噤聲。他走過去拉起吉達的手，步伐不曾慢下，繼續往前走。她的女伴們吃吃地笑，拉扯著彼此。勒利不聲不響地領著吉達繞到行政樓背面，再確認附近塔台的警衛已放鬆了監控，沒有往他們所在的方向看。

他用背抵著房牆，拉著吉達一起出溜著坐下來。從那裡他們可以望見圍牆外的樹林。吉達垂目看著地面，勒利則專注地看著她。

「哈囉……」他試探性地打了個招呼。

「哈囉。」她回應道。

「希望我沒嚇到妳！」

「我們安全嗎？」她飛快地瞥了一眼附近的警衛塔台。

「大概不安全，但是我不能光是遠遠看著妳，我想跟妳在一起，跟妳講話，就像正常人那樣。」

「但是我們不安全——」

「永遠都不會安全的。跟我說話。我要聽見妳說話的聲音。我想知道有關妳的事情。目前我只知道妳的名字，吉達。妳的名字好美。」

「你要我告訴你什麼？」

勒利努力爭取問一個對勁的問題。他最終選了一個很一般的問題。「那麼……說說妳今天過得如何？」

這時她抬起頭，直視他的雙眼。「啊，就如你所知，起床，吃了個大早點，吻別雙親，然後趕搭公共汽車去上班。工作嘛——」

「好了，好了，對不起，我問了個蠢問題。」

他們並肩而坐，但都別過頭避免直視彼此。勒利聆聽著吉達的呼吸聲，她用姆指輕敲大腿，終於開口問：「那麼你的一天是怎麼過的？」

「啊，如妳所知，起床，吃了個大早點……」

他們看著彼此，輕輕地笑了。吉達輕輕用手頂了勒利一下，不期然地碰了彼此的手。

「好吧，既然不能告訴彼此每天是怎麼過的，那麼就說一些妳自己的事情？」

「沒什麼好說的。」

勒利吃了一驚。「當然有啦，譬如妳貴姓？」

她盯著看勒利一眼，搖搖頭。「我只是一個號碼，你知道的，還是你給我的。」

「沒錯，但那只是在這裡。在外面妳是誰？」

「外面已經不存在，如今只剩這裡了。」

勒利站起來望著她。「我的全名是路德維希．艾森貝格，可是大家叫我勒利。我來自斯洛伐克的克龍帕希。家裡有母親、父親、哥哥和姐姐。」他略停頓，「現在輪到妳了。」

吉達以挑釁的眼光看著他說：「我是波蘭比克瑙的犯人4562。」

兩人的談話消失在一片不安的沉默中。他看著她低垂的雙眼。她正在為她的思緒掙扎：該說什麼，不該說什麼。

勒利坐回地上，這次改成面對她。他伸出手來，似乎想握她的手，卻又抽了回去。

他說：「我不想讓妳煩擾，但是妳能不能答應我一件事？」

「什麼事？」

「在我們離開這裡之前，告訴我妳是誰？來自何處？」

她盯著他說：「好的，我答應你。」

「好，今天能這樣我已經很滿足了。妳說他們安排妳在加拿大工作？」

吉達點點頭。

「那裡還行嗎？」

「還行。但是德國人把從犯人那裡沒收來的東西都堆在一起，腐爛的食物和衣服混起來，黴菌叢生——我怕碰它，惡臭撲鼻。」

「我很高興妳不在室外工作。我問過幾個人，他們同村的女孩也有在加拿大工作的，據他們說常常會找到珠寶和錢。」

「我也聽說過。可我只找到過發霉的麵包。」

「妳會小心謹慎的，對吧？不要幹傻事，一定要留意ＳＳ。」

「你放心，我得過深刻的教訓。」

這時口哨聲響起。

「妳最好快回住處，」勒利說：「下次我會給妳帶點食物。」

「你有食物？」

「我有額外的食物。我會帶給妳。我們下星期天見。」

勒利起身，伸出他的手，吉達握住了。他把她從地上拉起來，一直握住沒放。他無法克制地看著她。

「我們該走了。」她移開目光，代以微笑繼續迷惑著他，這笑容著實令他雙膝發軟。

第六章

過了幾個星期，集中營周圍的樹紛紛落葉，日短夜長的冬季來臨了。

他們是什麼人？打從勒利來到這個集中營，就不停地問自己這個問題。在營造地工作的這夥人每天都穿著便服，「一放下工具」下班就不見人影。自從他和吉達交往後，走起路來像腳下裝了彈簧，因此覺得找這些人問問應該沒關係，ＳＳ不至於激動得向他開槍吧。再者，他有公事包庇護。

勒利漫不經心地往正在蓋的一幢磚房方向蹓躂。這不像是給犯人住的地方，但它們的用途不是勒利今天要關心的事。他走近兩個男人，一老一少，都在忙著砌磚，蹲在一堆磚前準備下一輪砌置。兩人都好奇地看著他，手頭的活慢了下來。勒利抓起一塊磚假裝研究了一下。

「我不明白。」他輕聲道。

「你不明白什麼？」年紀大的人問道。

「我是猶太人，他們給了我一個黃星標誌。我看到四周有政治犯，謀殺犯和不肯工作的懶鬼，然後就是你們這種——沒有標誌的。」

「不關你的事，猶太小子，」年輕的那個這麼說，其實他自己也只是個孩子。

「我只是想示好。你知道啦——我只是要瞭解一下環境，所以對你和你的朋友好奇。我叫勒利。」

「滾蛋！」年輕人說。

「孩子，別激動。」年長者轉頭對勒利說：「別理他。」抽菸過量使他的聲音沙啞。「我叫維克托，這個大嘴巴是我兒子尤利。」維克托伸出手來，勒利握了一下。勒利也向尤利伸手，可是他沒搭理。

「我們就住附近，」維克托說：「所以我們每天來這兒工作。」

「我只是想弄清楚，你們每天是自願來這裡工作的？我是說，你們在此工作是有報酬的？」

尤利揚聲道：「不錯，猶太小子，我們有報酬，而且每晚下班回家。可是你——」

「你給我閉嘴，尤利，你沒看見他只是要示好？」

「謝謝你，維克托。我不是來找麻煩的。正如我所說，我是來瞭解情況的。」

「你帶的公事包是幹什麼的？」尤利厲聲問道，自覺在勒利面前被訓斥很不爽。

「裝工具的。我用這些工具把號碼刺到犯人的手臂上。我是刺青師。」

「繁忙的工作。」維克托不無諷刺地說。

「有時候是挺忙的。我完全不曉得他們什麼時候送犯人來，或者送多少。」

「我聽說情況會愈來愈糟。」

「你打算告訴我嗎？」

「這個建築物，我見過藍圖。你不會喜歡的。」

「絕對不會比現在的情況更糟吧？」此刻勒利站了起來，挺身直立於一堆磚塊上。

「它叫一號火葬場。」維克托輕聲說道，不再看著他。

「一號火葬場。那麼就是說，可能還會有二號？」

「對不起，我就說你不會喜歡的。」

勒利一拳擊飛剛砌好的一塊磚，痛得他一直甩手。

維克托伸手進身邊一個口袋，拿出一塊用蠟紙包住的乾香腸。

「喂，拿著。我知道他們讓你們挨餓，我那兒還有很多。」

「那是我們的中飯！」尤利叫道，衝過去要從父親伸出的手裡搶過香腸。

維克托推開尤利。「一天不吃它傷不著你的。這個人比你更需要它。」

「回家我要跟媽說。」

「你最好希望我不告訴她你的態度。年輕人，你得學習做個文明人。就把今天這件事當做你的第一堂課吧。」

勒利沒有接過香腸。「對不起，我並沒有要找麻煩的意思。」

「得了，你已經找麻煩了。」使性子的尤利號叫道。

「沒有，他沒找麻煩，」維克托說道：「勒利，把香腸拿去，明天再來看我們，我再多帶些給你。見他的大頭鬼，假如我們只能幫一個人，也是要幫的。尤利，對不對？」

尤利不情不願地把手伸給勒利，勒利握了一下。

「救一個人就是救世界。」勒利輕輕地說，更像是說給自己聽。

「我無法幫助你們所有人。」

勒利拿了食物。「我沒有任何東西可以回報你。」

「沒問題。」

「謝謝你。我也許有辦法。如果我找到支付你的辦法，你能否給我點別的東西，譬如巧克力？」他想要巧克力。如果可能，把它送給女孩子是最合適不過的了。

「我確信我們會有辦法的。你最好快點走，有個軍官在注意我們。」

「再見。」勒利說道，同時把香腸收進公事包裡。他走回住處的路上，亂飛的雪花在他身旁飄舞。雪花捕捉到最後的晚霞，跳動閃爍的光令他想起小時候玩過的萬花筒。勒利心想，**這幅畫出了什麼問題？**他匆匆走回住處時，無法控制自己的感情，淚水和雪水在他臉上匯為一體，一九四二年的冬天來了。

•

勒利回到他的房間，取出那塊香腸，仔細地把它平均分成好幾份，再把蠟紙撕成幾小片，然後把一塊塊香腸用紙包緊，放回公事包裡。當他撿起最後一塊時，他仔細看了一下這令人滿意的食物，以及他那粗糙的，不乾淨的手指。這手指本來是乾淨的，圓潤的，以前他就用這手指拈起大魚大肉，還舉起手指對主人示意，「謝謝你，我實在吃不下了。」想到這裡，他搖了搖頭，把最後一塊也放進了包裡。

他朝著幾棟叫加拿大的房屋走去。有一回他問一個第七排房的人，為什麼他們用那麼個名字叫這個分類房。

「那裡工作的女孩們夢想一個遙遠的地方，那裡萬物充沛，自由自在。他們認定加拿大就是這麼個地方。」

勒利跟這兒兩個女孩子聊過天。下午下班了，他們正要走回住處。他站在那兒查看了好幾次，得到的結論是，吉達不在這個分類房工作。還有另外幾間房，可是他不方便過去，她一定在其中一間工作。兩個跟他講過話的女孩朝他走過來，他伸手進袋子裡，拿出兩個小包裹，笑著走過去，然後轉身和她們並排走。

「我要妳們伸出手來，要慢慢地。我要給妳們每人一小包香腸，不要看，等沒有別人的時候再打開。」

兩個女孩聽話照辦，如常往前走，同時四處張望，看看有沒有ＳＳ注意她們的舉動。她們一接過香腸，就立刻雙手抱胸保溫，其實是要把禮物藏好。

「姑娘，我聽說妳們有的時候會找到珠寶和錢——是真的嗎？」

兩個女子互望了一眼。

「啊，我不想讓妳們冒險，可是妳們有辦法偷運一點出來給我嗎？」

其中一人有點緊張地說：「應該不太難。看管我們的人已經不太注意我們了，覺得我們不會犯規。」

「太好了，盡力而為，不要引人懷疑，我會用來買食物給妳們，就像這個香腸。」

「你能不能弄到點巧克力？」其中一人問道，雙目放光。

「我不能承諾，但會盡量設法。記住，每次只拿一點。明天下午我會想辦法到這兒來。如果我來不了，妳們有沒有一個安全的地方把東西藏起來，等我來了再說？」

「不能藏在住的地方，不行，他們經常搜查我們。」其中一人回答道。

「我知道有辦法，」另一個說：「我們屋後的積雪很厚，我們可以用破布包起它們，等我們上廁所的時候，偷偷藏在雪堆裡。」

「對啊，那樣就行了。」第一個女孩說道。

「不能告訴任何人妳們在幹什麼，還有不能說出食物從哪兒來的，曉得嗎？」

其中一個女孩把一根手指交叉在緊閉的嘴唇上。當他們靠近女子大院時，勒利離開了她們，在第二十九排房外面閒逛了一陣，沒看見吉達。看樣子今天是看不到了，還好三天之後就又是星期天了。

●

第二天，勒利花了幾個小時在比克瑙把工作做完。里昂要求和他共度下午，藉機談談他們目前的處境，不要老是讓一屋子的人豎著耳朵聽他們說的每一個字。勒利婉拒了，推托他不舒服需要休息。他們就分道揚鑣了。

他很為難，他非常需要維克托帶來的任何食物，但是得想個辦法給他報酬。女孩子下班的時間和維克托這些臨時工差不多。他不知道有沒有時間跑過去看女孩有否帶東西給他。最後他決定先穩住維克托，告訴他正在設法給他找報酬。

勒利走向建築工地，手裡拎著公事包，四處尋找維克托和尤利。維克托發現了他，輕輕推了一下尤利，示意跟著他離開別的工人。他們慢慢走近勒利，他正在假裝翻找袋子裡的東西。尤利伸出手來歡迎勒利。

「昨晚他母親說了他。」維克托解釋道。

「對不起，我還沒有找到報答你們的東西，不過我希望很快就會找到。請不要再給我任何東西，等我支付了欠你們的再說。」

「沒關係的，我們有足夠的食物跟你分享。」維克托說。

「不行，你在冒險，至少你們該得到一點報酬。就再容我一兩天。」

維克托從他的袋子裡拿出兩包東西，放進勒利打開的公事包裡。「明天此時我們還會來這裡。」

「謝謝你。」勒利說。

「再見。」尤利說道。勒利聽到高興地笑了。

「再見，尤利。」

勒利回到自己的房間，打開兩個包裹，看到香腸和巧克力。他把巧克力放在鼻子下深嗅。

跟上回一樣，勒利把食物分成幾小包，這樣好方便女孩們藏匿和傳送。啊，他但願她們會特別小心，不然後果不堪設想。他留下一小部分香腸給第七排房的人。他盡可能平均分配食物。下班的口哨聲打斷了他的工作。他把包好的食物全都丟進他的包裡，匆匆往加拿大走。

在離女子大院不遠的地方，他追上了那兩個女子。她們看見他之後就放慢了腳步，混在回「家」女子隊伍中間。他一手拿著兩包食物，另一手拎著開口的公事包，用胳肘頂了一下身邊的女孩。她們連看都沒看他一眼，就輪流往他包裡丟了些東西。他也就在每人手裡塞了包食物。她們把食物塞進袖筒裡，在女子大院入口處分手。

勒利不知道這攤在床上用破布裹著的四包東西是些什麼。他謹慎地打開它們，發現一些硬幣和波蘭茲羅提紙幣，散裝鑽石，紅寶石和藍寶石，還有鑲了寶石的金戒指和銀戒指。勒利吃驚地後退了一步，不小心撞到了背後的房門。他試著想像這些珍品不幸的來源，每一樣東西都與某人生命中重大事件相關連，同時他也為自己的安全擔憂。一旦有人發現他擁有這一大堆物品，他肯定會被處死的。外面的一聲噪音嚇得他趕忙把珠寶和錢幣丟進公事包裡，自己則躺到床上。結果沒人進來。過了好一會兒，他才起身拎著他的包去吃晚飯。在食堂裡他沒有如常地把包放在腳邊，而是用一隻手緊抱，做得盡量不突兀，不過他自覺不及格。

那天晚上他把寶石和錢幣分開，又把散裝寶石和首飾分開，分別用原先的破布包好，把絕大部分贓物塞在床墊下面，只收了一顆紅寶石和一只鑽石戒指在公事包裡。

•

第二天早上七點，當本地工人陸續來上班時，勒利在大門口徘徊。他悄悄走近維克托，張開手掌給他看手上的紅寶石和鑽戒。維克托把手放在勒利的手心上，假裝握手將寶石收入掌中，看見勒利的公事包已經是開著的，便迅速放了幾小包東西進去。如今他們親密地結盟了。

維克托輕聲說：「新年快樂。」

勒利吃力地走開，大雪厚厚地落下，覆蓋在集中營的大地。一九四三年來臨了。

第七章

雖然天氣酷寒，加上滿地一團糟的雪和爛泥，但勒利卻情緒高昂，因為今天是星期天，是他和吉達約會的日子。他們會像許多其他勇敢的人一樣，在院子裡散步，期望著一場短暫的聚會，講幾句話，握一下手。

他一面來回踱步，一面尋找吉達，盡力保溫禦寒。他在女子宿舍前走來走去，盡可能不引人注目。好幾個女孩從第二十九排房走出來，可是他沒看見吉達。正當他準備放棄的時候，戴娜走出來東張西望，看見勒利，趕忙走過來。

「吉達生病了。」一走到他聽得到的距離，便急忙說道：「她病了，我不知道怎麼辦。」

他一陣慌亂，心臟幾乎要從嘴中跳出來。這令他想起死亡手推車，死裡逃生，和一堆朋友照顧他復健的事。「我必須見她。」

「你不能進去——我們的工頭正在發脾氣，她要叫SS把吉達帶走。」

「妳們不可以讓她把吉達帶走。妳們絕對不可以，我求求妳了，戴娜，」勒利說道：「她怎麼了？妳知道嗎？」

「我們覺得是斑疹傷寒。這個星期與我們同住的幾個女孩都死了。」

「那她需要藥物。」

「我們到哪裡去找藥物，勒利？萬一我們到醫院去跟他們要點藥物，他們就把她帶走了。我不能失去她，我已經失去所有的家人。我求求你了，勒利，你能不能幫這個忙？」戴娜懇求道。

「不要送她去醫院，無論如何不可以。」勒利迅速地轉動著腦筋。「聽好了，戴娜——給我兩天時間，我會給她找到些藥。」他全身發麻，視線模糊，腦袋發漲。

「妳該做的是，明天早上，無論如何，連拖帶拉，也要把她帶到加拿大去。白天把她藏在衣服堆裡，盡量給她喝水，點名的時候才帶她回住處。妳必須這樣做，一直到我找到藥物為止。妳必須做到。這是唯一不讓他們送她去醫院的辦法。好了，現在就快去照顧她吧。」

「沒問題，我能辦到，伊凡娜會幫我的。但是吉達一定要有藥吃。」

他緊握戴娜的手說：「告訴她……」

戴娜等他接著說。

「告訴她我會照顧她。」

勒利看著戴娜跑回她的住處。他動彈不得，思潮洶湧。他每天都看見叫黑瑪麗的死亡手推車。她不能被推車載走。不能命喪於此。他左右看看，望見有人冒著酷寒在戶外走動。他想像他們摔倒在雪地上，躺在那兒，對著他微笑，感謝死神把他們就此帶走。

「你不能把她帶走，我不會讓你把她帶走。」他喊道。

犯人們離他而去。在這種昏暗無光的天氣裡，ＳＳ情願待在室內。過了一會兒，勒利發現已無人影，寒冷與恐懼令他癱瘓。他最後終於移步前行，思緒重新融入身體。他跌跌撞撞地走回房間，癱倒床上。

•

第二天一大早，陽光爬進他的房間。感覺房間空盪盪的，和他的心情一樣。他從上往下看，也看不見他自己，一場身心分離的經驗，**我哪兒去了？我必須馬上回來，有要緊的事等著我去做**。他突然記起昨天和戴娜見面的事情，像觸電般把他喚回現實。

他抓起公事包和靴子，搭了一條毯子在肩膀上，衝出房間往大門口跑。他檢查四周是否有人，他得立刻與維克托和尤利見面。

臨時工隊伍進了大門，他們二人也在其中。他們舉步維艱地走在雪地上前進去上工。他們看見勒利，便脫隊朝他走過來。他讓維克托看了手裡拿著的寶石和錢幣，一筆不小的財富。他把一切都丟進了維克托的袋子裡。

「有沒有藥，能治療傷寒的，」勒利說：「你能幫助我嗎？」

維克托把幾包食物放進勒利打開的公事包裡，點點頭說：「能。」

勒利匆匆往第二十九排房走去，遠遠地觀察。他在納悶，她們都哪兒去了？怎麼還不出現呢？他來回踱步，沒去注意集中營周圍警衛塔裡的眼睛，他必須要見到吉達。她一定已撐過了昨晚。他終於看到戴娜和伊凡娜，虛弱的吉達雙臂搭在她們的肩上。另外還有兩個女孩幫忙遮擋別人的視線。勒利跪了下來，心想這可能是見她最後的一面了。

「你跪在地上幹什麼？」巴雷特斯基在他身後出現。

他搖晃地站起來。「剛才我不舒服，現在沒事了。」

「你也許該去看下醫生。你曉得我們在奧斯威辛有好幾個醫生。」

「不必了，謝謝。我寧可你打我一槍。」

巴雷特斯基從槍套裡把手槍抽了出來說：「如果你想死在這裡，刺青師，我樂意照辦。」

「我知道你會的，但不是今天，」勒利說：「我們不是還有活要幹嗎？」

巴雷特斯基把槍插回槍套。「去奧斯威辛。」他說，開始往前走。「把毯子放回原處，你這個樣子很可笑。」

•

勒利和里昂花了一個早上為新犯人刺青，這些人很害怕，他們盡可能不讓他們感到刺痛。但是勒利腦子裡盡想著吉達，好幾次下手重了一點。

他們的工作終於在下午結束。勒利急步小跑回到比克瑙。他在第二十九排房入口處見到戴娜，把配給的全部早餐給了她。

「我們用舊衣服幫她鋪了一張床，」戴娜說，一面把食物塞進隨便湊合的襯衫袖口裡。「我們餵她喝了雪水。今天下午我們已把她帶回住處，但是她看來很不好。」

勒利緊緊捏住戴娜的手說，「謝謝妳。盡可能讓她吃點東西，明天我就可以拿到藥了。」

他走了，思緒一片混亂，心想，我剛認識吉達不久，然而沒她我怎麼活呀？

那天晚上他一夜沒睡。

第二天早上維克托在他包裡放了藥和食物。

當天下午他就把東西交給了戴娜。

那天晚上，戴娜和伊凡娜坐在陷入昏迷的吉達身旁。斑疹傷寒的影響力把她打垮了。她們試圖跟她聊天，可是她好像完全聽不見。伊凡娜把吉達的嘴扒開，戴娜從一個小玻璃瓶裡滴了幾滴藥水進吉達的嘴裡。

「我恐怕沒有力氣再帶她去加拿大了。」筋疲力盡的伊凡娜說。

「她會愈來愈好的，」戴娜堅決地說：「再堅持幾天就好了。」

「勒利是從哪裡弄到藥水的？」

「這個我們不需要知道，只要心存感激就好了。」

「妳覺得會不會來不及了？」

「我不知道，伊凡娜，讓我們摟緊她度過今晚吧。」

第二天早上，勒利遠遠地看著吉達再次被帶到了加拿大。他看見她有兩次嘗試著把頭抬起來，這令他喜出望外。他現在得去找巴雷特斯基。SS軍官的總部在奧斯威辛，比克瑙只有一個小分部，勒利就到那裡去碰碰運氣，看能不能在巴雷特斯基出出進進的時候找到他。過了幾個鐘頭他出現了，看見勒利在等他，似乎很驚訝。

「工作還不夠你忙的嗎？」

「我想請你幫個忙。」勒利脫口而出。

巴雷特斯基瞇起眼睛說：「我不想再幫忙了。」

「也許有一天我也可以幫你的忙。」

巴雷特斯基笑道：「你怎麼可能幫上我？」

「這可說不定，要不要在我這兒存上一筆優惠以備不時之需？」

巴雷特斯基嘆口氣說：「你要我幹什麼？」

「是吉達……」

「你的女朋友。」

「你能不能把她從加拿大調到行政樓工作？」

「為什麼？你想要讓她在有暖氣的地方工作？」

「沒錯。」

巴雷特斯基點著腳尖說：「可能要花一兩天時間，我看情形吧，但不保證一定辦得成。」

「謝謝你。」

「你欠我一個人情，刺青師。」他一面玩弄他的指揮杖，一面狡黠地笑：「你欠我哦。」

他心虛地鼓起勇氣說：「我還沒有欠你，希望會有這個機會。」他像腳下裝了彈簧一樣飛快地走了。說不定他可以讓吉達好過一點。

•

接下來的星期日，勒利緩慢地走在康復中的吉達身旁。他很想像戴娜和伊凡娜那樣摟她，但是他不敢，能這麼貼近她已經夠好的了。不一會兒她就累了。天氣太冷，不能坐下來休息。她穿了一件羊毛長大衣，這無疑是女孩們在ＳＳ默許下從加拿大偷來的。大衣的口袋很深，在他送她回住處休息之前，他把口袋裝滿了食物。

•

第二天早上，嚇得發抖的吉達被一個SS軍官領到行政中心大樓。年輕的她什麼都不知道，只會往壞裡想。她生了一場大病，如今身體虛弱——顯然當局認定她已無利用價值。當軍官跟他的上級說話時，吉達掃視了一下大廳。那兒擺滿了單調的綠色書桌和檔案櫃，各就各位。令她吃驚的是這地方真暖和。SS也在這裡上班，理所當然有暖氣設備。女犯人和普通女子混在一起工作，她們快速安靜地埋頭書寫、存檔。

負責引領的軍官把吉達帶到她的同事面前，吉達失足絆了一跤，斑疹傷寒的影響仍令她虛弱。同事在她倒地之前扶了她一把，然後用力推開她。她抓起吉達的手臂，檢查上面的號碼，拉她到一張空桌前，推她坐在一張硬木椅上，比鄰另一個和她穿一樣衣服的女犯人。這個女犯人沒抬頭，盡量低調不引人注意，好讓那個軍官忽略她。

「派工作給她。」暴躁的軍官吼道。

一旦剩下她們二人時，女孩就拿來一長串人名目錄和詳細資料。她給了吉達一摞卡片，告訴她先要把每人的資料轉錄到卡片上，然後再記錄到放在她們中間的牛皮封面本子裡。交代完就無話可說了。環顧四週，吉達領會到她也最好閉嘴。

那天晚些時，吉達聽到一個熟悉的聲音。她抬頭看見勒利走進來，把一摞紙交給在前檯工作的女文員。他交代完後，慢慢審視房內每個人。當眼光掠過吉達時，他擠了下眼。她忍不住倒抽了一口氣，有幾個女子轉頭望向她。在勒利快步離開的時候，旁邊的女子頂了她的肋骨一下。

•

吉達結束了一天的工作，看見勒利站在遠處，看著女子們離開行政樓往住處走。由於現場有很多SS，他不敢離她們太近。女子們邊走邊聊。

「我叫齊爾卡，」吉達的新同事說：「我住第二十五排房。」

「我叫吉達，住第二十九排房。」

當女子們走進了女子營區，戴娜和伊凡娜趕忙迎上吉達。

「妳沒事吧？他們帶妳去了哪裡？他們為什麼要帶妳走？」戴娜不停地盤問，既焦慮又寬慰。

「我沒事。他們把我帶到行政辦公室工作。」

「怎麼會……」伊凡娜問道。

「勒利，我猜是他安排的。」

「但是妳沒事，他們沒有傷害妳？」

「我很好。這位是齊爾卡，她是我同事。」

戴娜和伊凡娜跟齊爾卡摟抱打招呼。吉達開心地笑了，很高興她的朋友那麼爽快地接受了另一個女性朋友。如今她在一個相對舒服、不受凍、不勞累的地方工作，整個下午都在擔心她的朋友會怎麼反應。如果她們嫉妒她有了新工作，覺得她不再是她們一份子，她也不會怪她們。

「我該回住處了，」齊爾卡說：「吉達，明天見。」

伊凡娜看著齊爾卡走了。「天啊，她真漂亮。即使穿得破破爛爛還是那麼美。」

「沒錯，她很美。今天一整天她都不時對我微笑，足以讓我安心工作。她不是只有外表美。」

齊爾卡轉身對她們三人微笑，用一隻手把頭上的圍巾扯掉，向她們揮手，一頭漆黑的秀髮傾瀉而下，她的動作像天鵝般優雅。這位年輕女子不自覺自己的美貌，險惡的周遭也影響不到她。

「妳必須問她是如何保住頭髮的。」伊凡娜說，一面下意識地抓撓頭巾。

吉達從頭上扯下自己的頭巾，用手摸著一頭像刺般的髮茬，很清楚不久又要被剃成光頭了。笑容從她的臉上突然消失。她戴回頭巾，挽起戴娜和伊凡娜的手臂，往餐車的方向走去。

第八章

最近勒利和里昂都徹夜工作。德軍攻陷了每個城市鄉鎮，把所有猶太人都搜捕了；那些來自法國、比利時、南斯拉夫、意大利、摩拉維亞、希臘和挪威的犯人，加入了已被拘捕的捷克、德國、奧地利、波蘭和斯洛伐克的犯人行列。在奧斯威辛，他們為那些被「醫療隊」挑出來的倒楣犯人刺青。那些被指派工作的就用火車運到比克瑙。這樣就省卻勒利和里昂來回走五哩的路。可是這麼多新到的犯人，使得勒利無法去取加拿大女孩們為他準備的贓物，維克托也只好把應該交給勒利的吃食帶回家。哪天人數減少了，而時間還早，勒利就用上廁所的藉口跑到加拿大去。但床墊下纍積的珠寶首飾和錢幣愈來愈多。

從白天到黑夜，還是有無數人排隊等候刺這生死與共的號碼。勒利像機器人似的接過紙條，抓起伸出的手臂，刺上號碼。「可以走了。」「下一個，請。」他知道他很累，但想不到他會沒抓住下一個胳臂，重到從他手上滑落。一個五大三粗的巨人站在他跟前。

「我很餓。」這人輕聲說道。

勒利於是破天荒幹了出格的事。「你叫什麼名字？」他問道。

「賈科布。」

勒利給賈科布刺了青。結束後他觀察了一下情況，發現週圍的ＳＳ都累了，沒精神留意身邊發生的事情。勒利引領賈科布到陰暗處，泛光燈照不到的地方。

「在這兒等我下班。」

勒利給最後一個犯人刺了號碼，就和里昂收好工具和桌子。勒利對著里昂招手告別，同時抱歉又令他誤了晚餐，答應他明早會從他的存糧裡捎些給他。心想，是否該說今早？由於賈科布還藏匿在那兒，勒利止步不前，得等所有的ＳＳ都走了才去找他。終於人都走光了，他再往警衛塔瞥了一眼，確定沒有人注意他們。他吩咐賈科布跟著他。他們急忙往勒利的房間走去。勒利關上房門，賈科布坐在勒利床上。勒利抬起床墊一角，拿出一些麵包和香腸給他，賈科布馬上就吃掉了。

他吃完後，勒利問道：「你從哪裡來的？」

「美國。」

「你是怎麼到了這裡的？」

「我在波蘭看望家人時被困住——脫不了身——我們被圍捕到此。我不知道家人在哪兒，我們走散了。」

「可是你住在美國？」

「沒錯。」

「糟透了，你真倒楣。」

「你叫什麼名字？」賈科布問道。

「我是勒利，他們管我叫刺青師。像我一樣，你在這裡會混得不錯的。」

「我不明白，你是什麼意思？」

「你的個頭。德國人是世上最殘忍的混蛋，但他們可不是蠢得無藥可救。他們很有本事把工作安排給合適的人。我很確定他們會給你找到工作。」

「什麼樣的工作？」

「我不知道，你只能等著瞧。你知不知道你被分到哪間房？」

「第七排房。」

「啊，我很熟悉那裡。來吧，讓我幫你混進去。再過兩小時，當他們點名叫到你的號碼時，你必須在場回應。」

兩天之後是星期天。過去五個星期天，勒利都在上班，所以他非常想念吉達。他在院子裡走動，陽光照在他身上，他在找她。在一棟房子的拐角處，他驚訝地聽見歡呼和鼓掌聲，這種聲音在集中營裡從沒聽過的。勒利擠進人群去看個究竟。賈科布正在被犯人和ＳＳ圍成的一個舞台中央表演。

三個人合力搬了一塊大木材過來，他接過手就拋了出去，犯人們連滾帶爬地躲開。另外有個犯人拿來一根粗鐵棍，賈科布就給它對折了。表演繼續了好一陣子，拿來讓賈科布展現蠻力的東西愈來愈重。

人群突然靜了下來。豪斯泰克走了過來，ＳＳ護衛兩旁。賈科布未察覺他的新觀眾，繼續在表演。豪斯泰克看著他拿起一根鋼條舉過頭頂把它折彎。他已經看夠了，便對身邊的ＳＳ點頭示意。ＳＳ走近賈科布，他們沒碰他，只用長槍指指要他去的方向。

聚集的人群逐漸散去之際，勒利看見了吉達。他趕忙往她和女朋友那兒走過去。有一兩個女孩看見他就咯咯地笑。在這死亡之營，這種聲音是如此突兀，勒利聽了感到高興，吉達也面露喜色。他抓起她的手臂領她到行政樓後面——他們私會的地方。地上太冷不能坐，吉達就靠著房子站著，面向太陽。

「閉上妳的眼睛。」勒利說。

「為什麼？」

「就照辦嘛，相信我。」

吉達閉上了眼睛。

「張開嘴。」

她張開了她的眼睛。

「閉上妳的眼睛，張開妳的嘴。」

吉達照辦了。勒利從他的包裡，拿出一小塊巧克力。他把它放在她的嘴唇上，讓她感受它的口感，再慢慢送進她的嘴裡。她用舌頭頂了一下，勒利把它抽了出來，又放在她的唇上。他把濕潤了的巧克力輕輕地在她唇上抹來抹去，她則很欣喜地舔著。當他把它塞進她的嘴裡時，她咬下一塊，張大了眼睛，品嘗著這般美味說道：「為什麼別人餵的巧克力特別好吃？」

「我不知道，沒人餵過我。」

吉達拿過勒利仍然用手指夾著的一小塊巧克力。

「閉上你的眼睛，張開你的嘴。」同樣的逗弄又上演了一次。當吉達把最後一點巧克力塗在勒利的唇上時，她溫柔地親了他一下，順便舔了唇上的巧克力。他張開眼睛，發現她閉著眼，就把她摟在懷裡，他們熱情地接吻。吉達終於張開了眼睛，抹去勒利臉上的眼淚。

「你的包包裡還有些什麼別的東西？」她開玩笑地問道。

勒利吸了口氣笑笑說：「一只鑽戒，或者妳更喜歡翡翠戒指？」

「哦，我就要鑽戒好了，謝謝你。」她假裝順著他說。

勒利在他的包包裡翻來翻去，搜出一只鑲了鑽石的銀戒指，遞給她說：「給妳的。」

吉達的目光離不開這只鑽戒，陽光從鑽石上反射出來。「你從哪兒弄來的？」

「在加拿大工作的女孩們，從其中一個庫房裡找到珠寶和錢幣，是她們給我的。我就是用這些東西買了食物和藥品給妳和其他人。啊，拿去。」

吉達伸直了她的手，似乎要試戴戒指，但是又抽了回去說：「不要，你留著好好利用它。」

「好吧。」勒利把它放回包裡。

「等等，讓我再看它一眼。」

他用兩根手指夾著，翻來覆去地轉動它。

「這是我見過最美的東西，現在可以把它收好了。」

「這是我見過第二美的東西。」勒利說，看著吉達。她害臊地轉過臉去。

「如果還有巧克力的話，我想再吃點。」

勒利給了她一小長條，她掰了一塊放在嘴裡，閉上眼享受了一陣，把剩下的塞進袖口藏好。

「走吧，我帶妳回到朋友身邊，妳可以和她們分享。」

吉達抬起手愛撫他的臉頰說：「謝謝你。」

她這親暱的舉動令勒利一陣暈眩。

吉達拉起他的手領他往前走。走進主院時，勒利看見巴雷特斯基，他鬆開了吉達的手。他和她交換一瞥，盡在不言中。分手時一句話都沒說，他心裡很難受，也不知道什麼時候才能再見。他向瞪著他看的巴雷特斯基走過去。

「我一直在找你，」巴雷特斯基說：「奧斯威辛有工作等著我們。」

●

去奧斯威辛的路上，勒利和巴雷特斯基路過幾個犯人，每個人都在做不同的事，他們是在接受星期天也得工作的處罰。有幾個在看守的ＳＳ大聲地和巴雷特斯基打招呼，他沒搭理。他今天看起來很不對勁。平常他挺健談的，但是今天他全身都繃得緊緊的。前方有三個犯人，背靠背，彼此支撐著坐在地上，顯然是累了。犯人們抬頭看見勒利和巴雷特斯基，但沒有要動的意思。巴雷特斯基連腳步都沒慢下來就把背上的長槍拖過來對著他們連射了好幾槍。

勒利僵住了，緊盯著那三個被打死的人。他終於抬起頭來看正在後退的巴雷特斯基，這令他想起第一次目睹手無寸鐵的人被無緣無故地屠殺——他們那晚蹲在一塊木板上，他到達比克瑙第一夜的情景閃現在眼前。巴雷特斯基走得離他愈來愈遠，勒利很怕成為下一個讓他發洩怒氣的對象。他趕忙跟上，但保持一段距離。巴雷特斯基曉得他就在身後。他們再次走過奧斯威辛的大門，勒利抬頭看見那幾個的大字：工作讓你自由。他默默地詛咒任何一個正在聆聽他話語的神祇。

第九章
一九四三年三月

勒利到行政樓報到，接受當天的指令。天氣逐漸好轉，已有一個星期沒下過雪了。一進門，他就掃視了辦公室一遍，確定吉達待在她應該待的地方。看見她仍然坐在齊爾卡旁邊。兩個人變得很親密，而且戴娜和伊凡娜似乎也十分歡迎她加入她們的小圈子。他對兩人照例眨眨眼，她們則報以壓抑性的微笑。他走近櫃檯後的波蘭女子。

「早安，貝拉，外面的天氣真好。」

「早安，勒利，」貝拉回答道：「這是給你的工作指令。他們要我告訴你，今天所有的號碼都要有個Z在前面。」

勒利低頭看了那一串數字，果然在每個數字前都有一個Z。

「妳知不知道這是什麼意思？」

「不知道，勒利。他們什麼都不告訴我。你知道的比我還多。我只是按照指示辦事。」

「我也是，貝拉。謝謝妳，再見。」

勒利拿了指令，轉身出門。

「勒利。」貝拉叫道。

他回過頭看著她，她把頭轉向吉達的方向問道：「你沒忘了什麼嗎？」

他對她笑了笑，轉頭對著吉達揚了揚眉毛。有幾個女孩一面摀住嘴，一面留心監督她們工作的ＳＳ。

●

里昂在外頭等勒利。走去工作站的路上，勒利告訴了他有關工作的事情。卡車正在附近卸貨，他們又求證一次後，才恍然大悟，下車的人群裡居然有小孩，還有老人和婦女。他們在比克瑙從來沒見過小孩。

「我們是一定不會給小孩刺青的，我是不幹的。」里昂宣布。

「巴雷特斯基走過來了，他會告訴我們該做什麼。你不要開口。」

巴雷特斯基大步走過來說：「你應該已經注意到今天的情況有些不一樣，刺青師。

這些人是你的新夥伴。從今以後你將與他們合用這個地方，所以你最好善待他們。他們會比你們這種人多——實際上是超過很多很多。」

勒利不響。

「他們是歐洲的人渣，還不如你。他們是吉普賽人。我不知道為什麼元首決定讓他們在這裡跟你一起住。你有什麼意見，刺青師？」

「我們是不是也要給小孩刺青？」

「只要有人遞號碼給你，你就得刺。我會留你們在這裡工作。我得趕著去挑人，所以別弄得我非過來不可。」

巴雷特斯基走了之後，里昂結結巴巴地說：「我不幹。」

「我們看情形再說吧。」

過不了多久，就有許多男女老幼，從襁褓中的嬰兒到傴僂的老者，都朝勒利和里昂走來。他們很感激不必為孩子們刺青，雖然有幾個把號碼交到勒利手上的人看上去都太年輕了。他如常做他的工作，對站在旁邊等父母親刺青的小孩笑笑。偶爾遇到一個手裡抱著嬰兒的母親，他會說小寶寶真可愛。巴雷特斯基待的地方離得遠，聽不到他的話。他覺得最難辦的是為上了年紀的女人刺青，她們看上去像活死人：雙眼空洞茫然，也許因為已知道迫在眉睫的命運。他會對她們說聲「抱歉」，他知道她們可能根本聽不懂。

在行政樓裡吉達和齊爾卡正在辦公桌上工作。兩個軍官無預警地走近她們。其中一人抓住齊爾卡的手臂用力把她拉起來，她驚訝得倒抽了一口氣。吉達看著她被拉出房間。齊爾卡回頭望著她，一副困惑與懇求的眼神。吉達沒看見SS行政管理員走過來，直到頭上被打了一下，明顯地是叫她少管閒事繼續工作。

齊爾卡被拖著走過一條長廊，她試圖反抗，但不是這兩個人的對手。他們一直走到一個她不認識的地方，停步在一扇關著的房門前。門打開後，她便被扔了進去。齊爾卡掙扎著站起來，看了看四周。房間裡主要就是放了一張四帷柱大床，還有一張梳妝檯，一個床頭櫃，一個檯燈和一張椅子。有個人坐在椅子上，齊爾卡認識他：希瓦茲忽伯，比克瑙的領導頭子。他是個儀表堂堂的人，很少在集中營看見他。他坐在那裡，用手杖不斷地拍打他的長筒皮靴，面無表情地望著齊爾卡頭頂上的空間。齊爾卡站起來背靠著房門。她伸手去抓門把，突然一根手杖飛過來打中齊爾卡的手，她痛得大叫，滑倒地上。

希瓦茲忽伯走到她跟前，撿起他的手杖，站在她旁邊，鼻翼張翕，呼吸粗重地瞪著她。他摘掉帽子，丟到房間的另一邊，另一隻手則不斷地用手杖拍打他的大腿。他每拍一下，齊爾卡就畏縮一點，以為下一拍就要打在她身上。他用手杖撩起她的裙子。意識到他要幹什麼，齊爾卡用顫抖的手解開裙子最上面的兩顆鈕釦。希瓦茲忽伯用手杖抵住她的下巴，強迫她起身。在他身旁她形同侏儒，此人的目光空洞，靈魂已逝，他的肉體正迎頭趕上。

他平伸雙臂，她的理解是「脫掉我的衣服。」她走近一步，在手臂可及的距離開始解開他上衣的鈕釦。他用手杖重擊了一下她的背，催她快點。希瓦茲忽伯不得不放手丟掉手杖，以便她可以為他脫掉上衣。他接過上衣，便順手拋到跟帽子在一起的地方。他自己脫掉襯衫，齊爾卡動手解開他的皮帶和拉鏈。她跪下來幫他脫長褲，到靴子那兒就卡住了。

他推了她一把，齊爾卡重摔在地上。他雙膝跪下，跨騎著她。齊爾卡嚇壞了，用手遮住身子，他一把就撕開了她的上衣。她感覺到他用手背觸摸她的臉。她閉上眼，屈服於無可避免的現實。

那天傍晚，吉達從辦公室跑回住處，不停地流眼淚。過不多久，戴娜和伊凡娜也回來了，看見她在床上一直哭。她悲慟萬分地只能說，齊爾卡被抓走了。

•

該來的早晚總會來，只是時間問題。自從當上刺青師之後，到目前為止，整棟宿舍只他一個人住。每天下班回來之後，他都發現附近又多蓋了些房子。三間火葬場扮演著種族滅絕的角色。他住在一個定義分明的集中營，住單人房，一般是保留給工頭的特權，可是他又不是工頭，所以他曉得單間後面的那些雙層床鋪早晚會睡滿人。

勒利今天回來，看著一堆小孩在外面跑來跑去玩捉人遊戲。他覺得從此生活將改變。有幾個年紀大點的孩子過來問東問西，他沒聽懂。後來他們發現，即使不能充分理解，也可以多多少少用粗俗的匈牙利語交流。他讓同住的人參觀他的房間，很嚴肅地告誡他們，絕不可以私闖。他知道他們聽懂了，但是他們會不會照辦？只有等時間證明。他思考了一下他所瞭解的吉普賽文化，考慮是否該把藏在床墊下的東西換一個地方。

他走近房子，跟許多男人握手，和女人示意打招呼，尤其是年紀大的女人。他們知道他的工作性質，他也試著跟他們進一步解釋。他們想知道會發生什麼事情，這是個很合理的問題，遺憾的是他沒有答案。他答應會告訴他們任何有關的消息，他們很感激。

好多人告訴他從來沒跟猶太人說過話，他以前沒跟吉普賽人說過話。

那天晚上他沒睡好，很難適應嬰兒的哭聲和飢餓的孩子們向父母討食的聲音。

第十章

過不了幾天，勒利就被封為榮譽羅姆人了。他得知原來羅姆人被稱為吉普賽人是貶義詞。每次他回到現在所謂的「吉普賽營地」，一群年輕的男女就來歡迎他，圍著他請求他一起玩，伸手進他的包裡找吃的。他們知道他有門路——他給過他們——但是他們得明白，要把他能提供的先給大人，再讓大人決定分給最急需的人。許多大人每天跟他打聽他們會有什麼下場。他答應一有消息就告訴他們。他建議大家盡可能接受當前的處境，並提議安排孩子們的學習課程，即使是講點家鄉、家族或文化的故事都行。

勒利很高興看到他們在實行他的提議，同時很欣慰由年長的婦女當老師。他發現婦女們的眼神跟以前不一樣，明亮了。當然每次他下班回來就打斷了他們的學習。有時他也坐下來和他們一起上課，學習與自身非常不同的人和文化。他常常提問，女教師們都很樂意回答——這樣可以提供孩子們進一步的教育，因為他們對勒利的提問特別感興趣。他的人生經驗是一家人居有定所地過日子，而羅姆人的流浪生活令他非常好奇。他過著舒適的生活，充分瞭解自己該扮演的角色、他的教育和生活體驗，這些經歷與現在跟他同住一屋的人相比，顯得多麼平淡無奇。他們必須到處流浪，為生存奮鬥。他經常看到一個落單的女人，她似乎沒有小孩和家人，沒人和她打交道、關心她。當一個母親因為孩子太多忙不過來了，她就去幫忙。她看上去約莫五十來歲。後來勒利才知道，羅姆人不論男女，樣子都比真實年齡要老。

有一天安頓完孩子睡覺之後，勒利跟著她走出房間。

「今晚謝謝妳幫忙。」勒利說。

她淡淡地對他笑了笑，就坐在一堆磚頭上休息。「我打很小就哄孩子睡覺了。我閉著眼睛都能做這件事。」

「我絕對相信。但在這裡妳好像沒有家人？」

她傷心地搖搖頭說：「我的丈夫和兒子都死於斑疹傷寒，現在就剩我一個人。我叫納迪婭。」

「聽妳這麼說我很難過，納迪婭。妳能說說有關他們的事情嗎？我叫勒利。」

那天晚上勒利和納迪婭交談到深夜，多半是勒利在講話，納迪婭寧可聆聽。他告訴她在斯洛伐克的家人和他對吉達的愛。他獲知納迪婭只有四十一歲。她的兒子是六歲過世的，只比他父親早兩天。每當勒利徵求她的意見時，納迪婭的回答總與他母親的類似。難道這就是她吸引他的原因，令他想像保護吉達一樣保護她？他發現自己正陷入濃重的鄉愁裡。他無法忽略對未來的恐慌。他一直在壓抑著的陰鬱思緒——他的家人處境、他們是否安好——耗盡了他的心思。既然他無能幫助他的家人，那麼他就盡可能照顧眼前這個女人吧。

•

過了幾天當他回到住處，一個剛學步的小男孩蹣跚地向他走來。勒利一把把他從地上舉起抱在懷裡。這個小孩的體重和氣味，令他想起一年多前跟他分離的小姪子。由於過度激動，勒利把他放下，衝進自己的房間。這一次小孩子們沒跟進來，他們似乎知道要讓他獨處。

他躺在床上，回想他最後一次和家人在一起的情境。去布拉格之前，他在火車站與家人告別。走前母親幫他收拾手提箱。她一面擦眼淚一面把他已經收好的衣服拿出來，放了幾本書進去，為的是讓他無論在哪裡，都能感覺安慰和對家的思念。

他們站在月台上，勒利馬上要上車了，他第一次看見父親眼泛淚光。別人這個樣子都在他預料之中，但沒想到他那堅強踏實的父親也會如此。他從車窗看出去，望見他的哥哥姐姐扶著父親離開。他的母親則追著火車在月台上跑，伸手想去搆她的心肝寶貝。他的兩個小姪兒對於變化中的世界一無所知，天真地在月台上追著火車跑。

勒利手裡抓著手提箱，裡面只裝了幾件衣服和幾本母親放進去的書。他把臉貼在車窗上，不停地啜泣。離家之前，他一心關注著家人的感受，卻忽略了自己空前的失落感。

他責備自己不該任性地自怨自艾，於是走出去和孩子們互相追逐遊戲，故意讓他們追上，爬到他身上。**只要有刺青師，誰還要一棵樹來攀爬？**那天晚上他跟一夥人坐在一起，彼此緬懷往事和家庭生活，他被文化上的異同深深迷惑。由於白天發生的事，他的情緒仍然很激動，於是他說：「你們知道嗎？在不同的情況下，我大概是跟你們毫無關係的。我會躲開你們，或者看見你們走過來，我就走到對街去。」

大夥都沒答腔。過了一會兒，有個人突然蹦出一句：「嘿，刺青師，在不同的情況下，我們是會跟你毫無關係的，我們會先過街。」

緊接而來的大笑之聲把一個女人引了出來，叫他們噤聲——怕他們把孩子吵醒，那樣就麻煩了。男人們虛心接受告誡，進了屋子。勒利留下來沒進屋，他還不睏。他意識到納迪婭就在附近，轉過頭來，看見她站在門口。

「到我這兒來。」他說。

納迪婭坐在他旁邊，凝視夜幕。他審視她的側臉，滿美的。沒被剃掉的棕髮披肩，在微風中捲起，飄撒在她的臉上。她於是花好一陣子用手把散髮撩到耳後。這是他很熟悉的動作，是他母親每天經常有的動作，把髮髻或頭巾邊的散髮撥到耳後。納迪婭說話的聲音是他聽過最自然安靜的。她並未低語——這就是她的聲調。勒利終於梳理出為什麼她的聲調令他感傷，因為是冷漠的。無論她說的是與家人經歷的歡樂，抑或是目前發生的悲劇，她的聲調都是一樣的。

「妳的名字有什麼特殊意義？」

「希望，它意味著希望。」納迪婭站了起來。「晚安。」她說。

在勒利回答之前，她已經走了。

第十一章
一九四三年五月

勒利和里昂的日常生活仍然被每天從歐洲各地運來的犯人所支配。春去夏來，這些人也不斷地來。

今天他們要處理一長排的女犯人。甄選流程是在離他們遠一點的地方進行的。他們忙得顧不上搭理這件事。一隻手臂和一張紙條出現在眼前，他們便循例處理，周而復始。犯人們可能感覺到一股不祥之兆，一律都默默不語。突然勒利聽到有人在吹口哨，是個蠻熟悉的調子，大概是歌劇裡的吧。口哨聲愈來愈大，勒利朝口哨的方向瞥了一眼，看見一個穿白大褂的人往他們這邊走過來。勒利低下頭如常工作，不去看臉。他繼續接過字條，刺上號碼，千篇一律。

口哨聲嘎然而止。這個醫生先生站到了勒利的身旁，散發出一股刺鼻的消毒藥水氣味。他俯首檢查勒利的工作，抓起一隻刺了一半的手臂看，顯然對勒利的工作滿意，因為他來得快，去得也快，一面繼續糟蹋另一個曲調。勒利抬頭望了一眼里昂，發現他臉色蒼白。巴雷特斯基出現在他們身邊。

「你們覺得新來的醫生如何？」

「不認識，他沒有自我介紹。」勒利低聲說。

巴雷特斯基放聲笑道：「這個醫生你最好不認識，相信我，連我都怕他，他是個魔鬼。」

「你知道他叫什麼名字嗎？」

「孟格勒，約瑟夫．孟格勒醫生。你得好好記住這個名字，刺青師。」

「他在甄選處幹什麼？」

「醫生先生擺明了要大家知道他將負責許多甄選事宜，因為他在找一些特別的患者。」

「也就是說，他的甄選標準不是生不生病。」

巴雷特斯基笑得彎了腰。「刺青師，有時候你真的很滑稽。」

勒利重新開始工作。不久他又聽到口哨聲在他身後響起，嚇得他全身發抖，一走神滑了一下，戳到正在接受刺青的年輕女子，她痛得大叫起來。勒利把淌下來的血液抹掉。孟格勒走了過來。

「出了什麼岔子，刺青師？你就是刺青師，沒錯吧？」孟格勒問道。

他的聲音令他的背脊發涼。

「長官，我是說，是的，長官……我就是刺青師，醫生先生。」勒利結結巴巴地說。

孟格勒走過來貼近著俯視他，他的眼睛如煤炭一般漆黑，冷酷無情。臉上掛著奇怪的微笑。然後他就走了。

巴雷特斯基走了過來，在勒利的手臂上重重地打了一拳說：「這樣就不行了，刺青師？也許你想歇一歇，換個工作去洗廁所？」

•

那天晚上勒利用小水坑裡的積水想把襯衫上的乾血跡洗掉。洗掉了一部分之後他做了個決定，就讓它成為一個很恰當的提示，這一天他遇見了孟格勒。勒利忖度這個醫生造成的痛苦比他能減輕的要大得多；因他的存在而造成的危害是勒利不想去深思的。不錯，勒利必須把這污斑留下提醒自己，新危機在他生命裡出現。他必須時時警惕，此人的靈魂比他的手術刀更加冷酷。

•

第二天勒利和里昂又到奧斯威辛去工作，為年輕女子刺青。口哨醫生也在場。他站在女子隊伍前面，只輕揮一下手就決定了她們的命運：右，左，右，右，左，左。勒利看不出選擇的邏輯。她們正處於人生的黃金時期，身體都健康。他知道孟格勒在注意他，但是他無法不去看。只見孟格勒用一隻大手抓住下一個女子的臉，上下左右地扭，把她的嘴扒開，然後甩了她一個耳光，一把推到左邊，淘汰了。勒利一直盯著他。孟格勒把一個SS軍官叫過來吩咐了一下，軍官便往勒利這邊望了望，就朝他走過來。勒利心想完蛋了。

「你要幹什麼？」他鼓起勇氣問道。

「閉嘴，刺青師。」SS軍官轉身對著里昂說：「放下你的東西跟我來。」

「等一下——你不能把他帶走。你難道沒看見有多少人在等著刺青嗎？」勒利問道，非常為這位年輕助手擔心。

「那麼你就該好好工作，否則你就得熬通宵，刺青師，那樣醫生先生會不高興的。」
「放過他吧，拜託了。讓我們繼續工作。如果我冒犯了醫生先生，我非常抱歉。」
軍官拿槍對著勒利說：「難道你也想一起來，刺青師？」
里昂說：「讓我去吧，沒關係的，勒利，我會盡快趕回來。」
「對不起，里昂。」勒利不忍心再看他的朋友。
「沒關係的，我不會有事的，你繼續工作吧。」
里昂被帶走了。

●

那天晚上勒利很難過，獨自低著頭，步履沉重地走回比克瑙。就在走道旁邊，一瞬間有一小塊閃亮的色彩吸引了他。是花，一朵花，在微風中搖曳。血紅的花瓣包裹著漆黑的花蕊。他看看身邊還有沒有別的花，沒有。但是無論如何這仍然是一朵鮮花。他琢磨下一次送花給他喜歡的人會是什麼時候。吉達和母親的形象在他腦海裡呈現，兩個他最喜愛的女人，飄浮在他搆不到的地方。他幾乎淹沒於席捲而來的悲傷中。**這兩個女人能相見嗎？年輕的會向年長的學習嗎？媽媽會不會像我一樣愛吉達？**

他曾經以他母親為對象來練習調情手法。雖然他確定她沒有意識到他在玩什麼把戲，但是他知道他在做什麼。他知道做什麼有用，做什麼沒用。很快地他就悟出了男女間什麼行為是恰當的，什麼是不恰當的。他猜想每一個年輕男子都以母親為對象進行過這種練習，雖然他們並不自覺如此。他曾經跟幾個朋友提起這件事，他們的反應都是很驚訝的樣子，斷言他們從來沒有這麼做。當他再追問是不是媽媽比爸爸好說話，他們居然都承認，有些行為其實就是對母親的調情——雖然他們說這麼做是因為媽媽比爸爸好說話。勒利則完全知道自己在做什麼。

勒利與母親在情感上的連繫，把他和其他女人的關係給定了型。所有的女性都吸引他，不光是生理上的，更是情感上的。他喜歡和她們交談，喜歡讓她們感覺良好。就他而言，所有女人都是美麗的，並且不妨告訴她們。他的母親和姐姐不自覺地教導了他，一個女人想要從男人那裡得到什麼。到目前為止，他都不曾辜負她們給他的功課。「勒利，要專心一致，注意小節，如此這般，大事就自然水到渠成了。」母親甜美的聲音仍然在耳邊響起。

他彎下身摘折了花的短莖。明天他會找個機會把花送給吉達。回到房間，在進入無夢的睡眠之前，他小心翼翼地把這朵珍貴的花放在臥榻旁。第二天早上當他醒來，發現花瓣已分散開來，捲曲地縮在黑花蕊旁邊。在這裡，**只有死亡是持續的，頑強的。**

第十二章

勒利不要再看到這朵花，他離開住處去把它扔掉。巴雷特斯基在那裡，勒利沒理他，自顧自走回房間。巴雷特斯基跟了進來，倚在門口。他觀察著愁眉苦臉的勒利。勒利想到自己正坐在藏有珠寶、錢幣、香腸和巧克力的房裡。他抓起公事包，推開巴雷特斯基，令他不得不轉身跟著他走出來。

「等一下，刺青師，我要跟你講話。」

勒利停了下來。

「我有一個請求。」

勒利仍然沒答腔，眼睛望向巴雷特斯基的肩膀後方。

「我們——我是指我的軍官同事和我——需要找點樂子。因為天氣好起來了，我們想踢一場足球玩玩。你覺得怎樣？」

「我覺得對你們來說一定很好玩。」

「是的，一定沒錯。」

巴雷特斯基故意等他繼續。

勒利終於眨了下眼睛說：「我如何幫你？」

「啊，既然你問了，刺青師，我們需要你去找十一個犯人跟ＳＳ隊來一場友誼賽。」

勒利很想笑，但是忍住了，眼睛望向巴雷特斯基的肩膀後方。他苦思了好長一陣，才想到如何來回答這個離奇的問題。

「什麼？從頭到尾不換人？」

「不換人。」

「當然，沒問題。」勒利心想，**這是哪一齣？我可以有千千萬萬個回答，譬如說，**「去你的。」

「好呀，太好了。召集好你的足球隊，兩天後我們在大院見面——星期天。哦，我們會帶個足球來。」巴雷特斯基大笑著走了。「順便提一下，刺青師，今天放你一天假，沒有犯人被送過來。」

•

這一天勒利花了一部分時間處理寶藏，把它們分成好幾小包。食物分給羅姆人和第七排房的男孩，當然也分給吉達和她的朋友。寶石和錢幣按類型分，過程簡直像假的。鑽石歸鑽石，紅寶石歸紅寶石，美金歸美金，甚至有一摞錢是他沒見過的，上面印著的字是南非儲備銀行和南非白人銀行。他不知道它們的價值，它們又是如何到了比克瑙的。他拿了幾顆寶石去找維克托和尤利進行今天的交易，然後他跟同屋的男孩子們玩了一會兒，一邊在想，當第七排房的人下班，怎麼跟他們說踢足球的事情。

傍晚時分勒利被許多人包圍著，他們用難以置信的眼光看著他。

「你他媽的一定是在開玩笑吧。」其中一人說。

「不是的。」勒利回答說。

「你要我們跟王八蛋ＳＳ踢足球？」

「對，就是這個星期天。」

「嘿，我不幹，你不能逼我。」同一個人說道。

有人從人群後面說道：「我踢，我踢過幾次足球。」有個小個子推開人群走到勒利跟前說：「我叫喬爾。」

「謝謝你，喬爾，歡迎你參加球隊。我還需要九個人。你們有啥好損失的？這是你們唯一的機會可以跟這批雜種有肢體衝撞而不被追究。」

「我認識一個住在第十五排房的人。他以前在匈牙利國家隊踢過足球。你要不要我去問問他？」另外一個犯人插嘴道。

「那你呢？」勒利問道。

「是的，當然。我也叫喬爾。我會幫你到處打聽一下，看看能找到什麼樣的人。有沒有可能在星期天之前練習一次？」

「既會踢足球，又有幽默感——這人我喜歡。明天晚上我會回來看你進行得如何。謝謝你，大個子喬爾。」勒利看看另外一個喬爾說：「我無意冒犯你。」

「我沒事。」小個子喬爾回答道。

勒利把麵包和香腸從公事包裡拿出來，放在附近一個上下鋪的床鋪上。當他離開的時候，看見有兩個人把食物分給大家。每一個受惠者把食物掰成一口大小，分給旁邊的人，不推不搶不爭，有次序地分配救命的營養品。他無意中聽到有個人說：「喂，大個子喬爾，你吃我的一份——你需要更多精力。」勒利笑了。這一天的開始不順，卻結束在一個飢餓者寬宏大量的美好上。

•

足球賽的日子到了，勒利漫步走進主院，看見ＳＳ軍官用白線畫了一個很不規則的長方形。他聽到有人叫他，發現他的「球隊」正聚集在一起，他加入了他們。

「嘿，勒利，我找到十四個球員，包括你我——如果有人受傷了，就有兩個替補的。」大個子喬爾很神氣地告訴他。

「對不起，他們告訴我不能換人，從頭到尾就一隊人。選最好的人參加。」眾人彼此對望。有三個人自願退出比賽離場。勒利看見幾個人在拉筋彈跳，進行專業暖身動作。

「有些人還真知道他們在幹什麼。」勒利對小個子喬爾低聲說。

「沒錯，有六個人參加過半職業性球隊。」

「你在開玩笑吧！」

「沒有。我們會踢得他們屁滾尿流。」

「小個子喬爾，不可以，我們不可以踢贏。我恐怕沒把話說清楚。」

「你說要組織一個球隊，大個子喬爾就照辦了。」

「對，可是我們不能贏。我們不能做任何讓他們丟臉的事情，我們不能讓他們對著大夥掃射。你往四周看看。」

小個子喬爾看見幾百個犯人，情緒高昂地聚在畫了白線的球場四周，推來搡去地想佔個有利位置看球。他嘆了口氣說：「我去告訴大家。」

勒利在全場掃視想找一張臉。吉達和她的朋友站在一起，偷偷跟他招手，他也跟她招手，渴望著跑到她身邊，把她抱在懷裡，消失在行政樓後面。他聽到很大的砰擊聲，轉過身來，看見幾個ＳＳ正在用力把幾根大柱子敲進球場兩頭的地裡，當球門桿。

巴雷特斯基走過來跟他說：「跟我來。」在球場的一端，一群犯人分開來，為進場的ＳＳ隊讓路。他們都沒穿制服，有幾個人穿著適合踢球的衣服，短褲無袖衫。跟在隊尾的護衛，嚴密地保護著希瓦茲忽伯和豪斯泰克。他們朝勒利和巴雷特斯基走了過來。

「這是犯人隊的隊長，刺青師。」巴雷特斯基把勒利介紹給希瓦茲忽伯。

「刺青師。」他轉身對其中一個護衛問道：「我們有沒有東西當比賽的獎品？」

一個高階ＳＳ軍官從身邊的一個士兵手上拿起一只運動獎盃讓他的指揮官看。

「我們準備了這個。」他說，一邊秀出獎盃上的刻文。勒利看不懂。

希瓦茲忽伯就奪過獎盃，舉高讓大家看。ＳＳ都高聲歡呼。「比賽開始，願最好的球隊獲勝。」

勒利一邊跑回他的球隊，一邊咕噥：「最好的球隊將活著看見明天的日出。」

勒利加入到他的球隊裡，他們聚集在球場中間。觀眾歡呼雷動。裁判把足球踢給SS隊，球賽正式開始。

比賽進行了十分鐘之後，犯人隊踢進了兩球，二比零。勒利陶醉在得分的喜悅中。當他看到SS球員憤怒的眼神，常識說服了他。他不著痕跡地、技巧地讓他的隊友在剩下來的上半場把攻勢緩慢下來。他們已經有過輝煌的時刻，現在要讓SS表現一下了。上半場結束，二比二。當SS在短暫休息時喝著提供的飲料，勒利和他的隊友則聚在一起討論下半場的戰術。總之勒利跟他們強調，他們不可以贏這場球賽。最後一致同意，為了鼓舞犯人觀眾的士氣，他們再得兩分，只要最後輸一分就行了。

下半場開始時，灰燼開始灑落在球員和觀眾的頭上。比克瑙的主要工作沒有因為比賽而終止。犯人隊又進了一球。當營養非常不足的飲食開始影響他們的體力時，他們累了。SS隊又踢進兩球。犯人們不必故意輸球，他們根本無力比賽了。當SS隊領先兩分時，裁判吹哨結束比賽。希瓦茲忽伯走進球場，把獎盃頒給了SS隊長。他把獎盃舉起，過了一陣，警衛和軍官們的歡呼聲逐漸減弱。當SS走回軍營慶祝時，豪斯泰克走過勒利的身邊。

「一場很好的比賽，刺青師。」

勒利召集了他的隊友，他告訴他們完成了多麼好的一件事。人群開始散去。他四處張望找吉達，她還待在原先的地方。他快步跑過去，拉起她的手，穿過別的犯人往行政樓的方向走去。到了行政樓後面，吉達就坐到地上。勒利環顧四週，看有沒有窺視的眼睛。確定沒有了，就坐到吉達身邊。他看著吉達用手指撥弄草地，很專心地在檢查。

「妳在做什麼？」

「我在找四葉幸運草。你都想不到這裡會有那麼多這種幸運草。」

勒利笑了，迷惑了。「妳開玩笑吧。」

「沒有，我已經找到好幾株。伊凡娜經常找到。你好像很吃驚。」

「我是很驚訝。妳是個不相信自己會活著離開這裡的女孩，然而妳卻在找幸運護身符。」

「不是為我。沒錯，我不信這種事情。」

「那是為誰呢？」

「你知不知道ＳＳ有多迷信？假如我們找到一株四葉幸運草，我們就珍藏它，因為它就是我們的錢幣。」

「我不懂妳什麼意思。」

「當我們處於危險中，我們就交出它來。有時候ＳＳ就不打我們了。如果我們帶著它們去吃飯，可能還會多配給到食物。」

勒利溫柔地摩娑她的臉，無力保護他的愛人令他痛苦。吉達俯身繼續搜尋幸運草。她笑著抓起一把青草朝勒利扔過去，他也咧嘴笑了。他頑皮地輕輕推她躺到地上，倚在她身旁，拔起一把青草，慢慢地撒落到她臉上。她把它吹掉。他又撒了一把在她脖子和胸口上。她讓它留在那裡。他解開她襯衣上第一顆鈕子，又撒了一些青草，看著它消失在她的乳溝裡。

「我可不可以親妳？」他問道。

「你為什麼要親我？我都不知道有多久沒刷過牙了。」

「我也沒有，這樣我估計就互相抵消了。」

吉達的回答是把頭抬起來朝著他。他們之前那稍縱即逝之吻點燃了一年之久的渴望，壓抑的激情在彼此肉體的探索中爆發。

眼下這一刻被一聲狗吠給粉碎，他們知道一定有個主人牽著這條狗。勒利起身，把吉達拉起來抱住。最後又親了一下，然後走回大院，融入人群中。

在女子營地裡，他們看到戴娜、伊凡娜和齊爾卡，便往她們那兒走去。

勒利注意到齊爾卡臉色蒼白。「齊爾卡沒事吧？」他問道：「她看上去不太好。」

「事到如今，這就是她最好的情況了。」

「她病了嗎？妳們需要藥物嗎？」

「沒有，她沒生病。你還是別知道的好。」

當他們走近女子們時，勒利貼著吉達輕聲道：「跟我說，也許我可以幫得上忙。」

「我的愛人，這次你幫不了。」女伴們走過來圍著吉達一起走了。齊爾卡低著頭跟在後面。

我的愛人。

第十三章

那天晚上，勒利躺在床上，回想著他所能記得的最快樂的事。吉達躺在自己的床上，蜷縮在睡著的丹娜身邊，睜大眼睛，凝視黑暗，回味與勒利躺在草地上的時光：他的吻，以及她對他的渴望，比愛撫更進一步。想到下回見面時會做什麼，這令她臉紅耳赤。

在一張豪華有四根幃柱的床上，希瓦茲忽伯和齊爾卡躺在彼此的懷裡。他上下其手地撫摸她的身體，她則望向虛無，麻木無感。

在奧斯威辛的一間私人餐廳裡，胡斯獨自坐在一張優雅的餐桌前，美食盛放在精緻的瓷器上。他倒了一杯一九三二年的拉杜堡紅葡萄酒在高腳水晶杯裡，旋晃、嗅聞、品嚐。他不會讓工作的壓力和重負妨礙生活中的小奢侈。

爛醉的巴雷特斯基跌跌撞撞地進了他在奧斯威辛的營房裡。他一腳把房門給踹關了，蹣跚地跌臥在床上。他艱辛地解開了配戴武器的皮帶，把它拋過去掛在床柱上。他四肢攤開躺在床上，注意到頭頂上的燈沒關，燈光照著他的眼睛令他不舒服。他試著起身關燈，好幾次都沒成，便用隻笨手從槍套裡拔出手槍，打了兩槍才把頑固的燈泡打碎，槍就順手滑落地上。他昏睡了過去。

•

第二天早上，當勒利去行政樓接受補給物資和指令時，看見吉達，就向她眨眨眼。突然他的笑容消失了，因為他看到坐在吉達身邊的齊爾卡垂頭喪氣，跟上幾回一樣沒跟他打招呼。勒利心想，**這也持續太久了吧**。他下決心要吉達告訴他齊爾卡到底怎麼了。他走出去後，遇到了宿醉嚴重、怒氣衝天的巴雷特斯基。

「快一點，有輛卡車在等著送我們去奧斯威辛。」

勒利跟著他走到卡車前面。巴雷特斯基上車坐進駕駛室，二話不說就把門關上了。勒利知道他什麼意思，就吃力地爬進了卡車後面。往奧斯威辛去的一路上，他被顛得東倒西歪。

到了奧斯威辛，巴雷特斯基告訴勒利他要去睡覺，讓勒利自己到第十排房工作。他一到了那裡，站在門口的ＳＳ軍官便叫他到屋子後面去。勒利注意到這間屋子和那些在比克瑙的不一樣。

他繞過屋角到了後面，第一個注意到的是一部分院子用鐵絲網圍起來了。慢慢地他發現在圍起來的地方有點動靜。他跌跌撞撞地往前走，看見了籬笆裡是什麼，他呆住了：女孩，幾十個女孩，全部裸體——大多數躺著，有的坐，有的站，都不太動。勒利癱瘓在那兒，只見一個警衛在女人堆裡走來走去，抓起她們的左臂，看看上面的號碼，可能正是勒利刺的。找到了他要的，就把她拖出來。勒利看著女孩的臉，一片茫然，沉默無聲。他注意到有幾個女孩靠在鐵絲網上。這裡的鐵絲網跟奧斯威辛和比克瑙的不一樣，沒有充電。也就是說，她們失去了自我毀滅的選擇。

「你是誰？」身後響起了盤問的聲音。

勒利轉身，看見有個ＳＳ軍官從後門走出來。勒利慢慢地舉起他的公事包。

「刺青師。」

「那你為什麼還站在外面？快進來。」

有一兩個穿白大褂的醫生和護士跟他草草地打招呼。他走過一個大房間，到了一張辦公桌前。這裡的犯人看上去不像活人，倒像是被人拋棄了的提線木偶。他走到辦公桌前，舉起公事包給坐著的護士看。

「刺青師。」

她厭惡地看了他一眼，冷笑一下，站起身走了。他跟著她走過長廊，走進一個大房間。大約有五十個年輕女子已排隊站在那兒，沉默無語。屋子裡有餿味。在隊伍的前頭，孟格勒正在檢驗一個女孩。他粗魯地扒開她的嘴，一把抓住她的髒部，又再去抓她的乳房，眼淚無聲地從她的臉上流下來。檢驗完畢，他一揮手把她推到右邊，淘汰了。另一個女孩被推到她空出的位置。

護士把勒利帶到孟格勒所在之處。他停下檢驗說，「你遲到了。」面帶點笑，充分享受著勒利的不自在。他指指左邊站著的一群女子。

「那些是我選出來的。先為她們刺青。」

勒利走過去。

「不久的將來，有一天，刺青師，我會選你。」

勒利回頭，看見了那緊繃的嘴唇構成的獰笑。跟上回一樣，一陣寒意襲遍全身。勒利兩手發抖，加快腳步走到一張小桌前。另外一個護士已準備好一摞身分證給他。他盡量控制情緒，抑制手抖。他把要用的工具和墨水瓶排列好，轉頭看見孟格勒身前站著另一個嚇壞了的女子，他伸手去摸她的頭髮，接著摸她的乳房。

「不要怕，我不會傷害妳的。」勒利聽到孟格勒這麼對女孩說。

勒利看見女孩嚇得發抖。

「好了，好了，妳是安全的，這裡是醫院。在這裡我們是照顧人的。」

孟格勒轉身對旁邊的護士說：「給這位年輕漂亮的小東西一條毯子。」

他又回過頭對女孩說：「我會好好照顧妳的。」

女孩被領到勒利這裡，他低著頭，把護士交給他的號碼刺到女子的手臂上。

勒利做完他的工作後，走出房子，再往圍起來的地方看，發現已空無一人。他難過得跪在地上乾嘔，可是什麼都沒嘔出來，他身體裡唯一的體液是淚水。

●

那天晚上吉達回到住處，得知有些新的住客。已定居的住客敵視這些新來的人。她們不要提這裡有多恐怖，也不要跟她們分吃食物。

「吉達，是妳嗎，吉達？」一個細弱的聲音叫道。

吉達走向這群女人，許多是年紀比較大的。在比克瑙不常見到年紀大的女人，因為這是讓年輕女人工作和住的地方。一個女人走過來，伸出雙臂。「吉達，是我，妳的鄰居希爾達・戈斯坦。」

吉達仔細端詳她，突然認出她來。是她家鄉弗拉諾夫的一個鄰居，比上次看見時更瘦更蒼白。

吉達被回憶淹沒了：從前的氣味、觸感、熟悉的大門口、雞湯的香氣、洗碗池邊掰開的肥皂、夏夜歡笑的聲音、母親的懷抱，這些都是閃現的往事。

「戈斯坦太太……」吉達迎上去，緊握婦人的手說：「他們連妳都抓了。」婦人點點頭說：「大約一星期前他們把我們都抓了。我跟其他人走散了，被放上一列火車。」

吉達突然滿懷希望地問道：「那麼我的父母和姐妹跟妳在一起嗎？」

「沒有，他們幾個月以前就被抓走了，那是妳的父母和姐妹。妳的兄弟們早就走了——據妳母親說，他們加入了武裝反抗團體。」

「妳可知道他們被抓到哪裡去了？」

戈斯坦太太低下頭說，「對不起，他們告訴我們，他們……他們……」

吉達癱倒地上，戴娜和伊凡娜連忙趕過來，坐在地上抱住她。站著的戈斯坦太太不斷地說：「對不起，對不起。」戴娜和伊凡娜都哭了，抱著無淚的吉達，不停地說著安慰她的話。沒了，現在沒有回憶了。她內心感到一陣可怕的空虛。她回頭對著她的朋友，用顫抖的聲音問道：「妳們認為我可以哭嗎？就一下下？」

「妳要不要我們跟妳一起禱告？」戴娜問道。

「不要，只流幾滴淚。這些殺人犯只能從我身上得到這麼多。」

伊凡娜和戴娜用她們的袖口抹掉眼淚，而無聲的眼淚從吉達的臉上流了下來。她們輪流揩拭眼淚。吉達突然發現一股不知從哪兒來的力量，她站起來走過去抱住戈斯坦太太。那些目睹她悲傷的人也感同身受。她們相對無言，大家都進入了自己黑暗的絕望之境，不知道自己家人變成了什麼樣子。逐漸的，兩股人——舊人和新人——匯聚一起。

•

晚餐之後，吉達和戈斯坦太太坐在一起，後者說起家鄉的近況，一家一家如何逐漸地被拆散。有人帶來有關集中營的消息，可是沒人知道它變成了生產死亡的流水線。他們只知道人們一去不返，只有極少數的人離家到鄰邦去避難。吉達很清楚，如果戈斯坦太太被分派去工作，她是活不長的，因為她的身體比實際年齡老得多——生理和心理都已崩潰了。

第二天早上，吉達找她的工頭幫忙。她答應工頭去跟勒利討她想要的東西，條件是不讓戈斯坦太太做苦工，讓她白天待在房子裡。她建議只在每天晚上讓她負責倒馬桶。

這份工作本來是由工頭每天選出一個人去做的。她認為誰背後說過她的壞話就選誰。工頭的要求是一只鑽戒，她曾經耳聞有關勒利的寶藏，於是協議成交。

•

接下來的幾個星期，勒利每天都在奧斯威辛工作。五個火葬場都在飽和狀態下運轉，但是仍然有許多犯人需要刺青。他的指令和材料來自奧斯威辛行政樓，他沒必要，也沒時間到比克瑙行政樓去，所以他就沒機會見到吉達了。他想傳個話給她，讓她知道他很平安。

巴雷特斯基的心情異常愉快——他有個秘密讓勒利猜是什麼。勒利順著他玩這個幼稚的遊戲。

「你要讓我們所有人回家？」

巴雷特斯基笑了，在勒利的胳膊上打了一拳。

「你升官了？」

「你可不希望如此，刺青師，否則另外一個比我難纏的人會來管你。」

「好了，我認輸。」

「那麼讓我告訴你。下個禮拜有幾天你們會得到額外的配給和毯子，因為紅十字會要來視察你們的假日營地。」

勒利絞盡腦汁地思考，這意味什麼？是不是外界終於要看到在這裡發生的事情？在巴雷特斯基面前，他盡可能不顯露他的情緒。

「太好了。你覺得這個集中營會不會通過人道主義的審核？」

勒利看著巴雷特斯基在動腦子想，好像腦袋裡要發出喀嚓的聲音。他欠缺理解能力的樣子很滑稽，可是他不敢取笑他。

「他們來的那幾天你們的伙食會很好——啊，也就是我們讓他們看到的一些人而已。」

「所以那將是一場經過管控的訪問嗎？」

「你以為我們都是笨蛋？」巴雷特斯基笑著說。

勒利換了個話題。

「我可不可以請你幫個忙？」

「你可以試試。」巴雷特斯基說。

「如果我寫個便條告訴吉達我很好，只是在奧斯威辛忙得走不開，你可不可以交給她？」

「我會做得更好，我會親口告訴她。」

「謝謝你。」

雖然勒利和特定的一群犯人真的得到了額外的配給，但是很快就沒了。勒利無法證實紅十字會有沒有到過他們的集中營。這些很可能都是巴雷特斯基瞎編的。同時勒利也只能相信他寫給吉達的便條已傳遞無誤，雖然他覺得巴雷特斯基不會那麼爽快地為他服務。他只能等待，希望一個他不必工作的星期天快快到來。

•

這一天終於來了。勒利早早地就下了班，急急忙忙地穿過集中營往比克瑙行政樓趕過去。到的時候正值下班的人群走出來。他焦急地等待，心想為什麼她老是最後一個走出來？她終於現身了，勒利的心怦怦跳。立刻走過去抓住她的手臂，把她帶到屋子後面。他把顫抖著的她推得背靠著牆。

「我以為你死了。我以為再也見不到你了。我……」她結結巴巴地說。

他用手輕撫她的臉說：「妳有沒有看到我交給巴雷特斯基的便條？」

「沒有，沒有人給過我便條。」

「噓，沒關係，」他說：「這幾個禮拜每天我都在奧斯威辛工作。」
「我擔心死了。」
「我知道，不過現在我來了。我有話要告訴妳。」
「什麼？」
「首先讓我親妳一下。」
他們熱情地親吻、擁抱、緊摟，直到她推開了他。
「你要告訴我什麼？」
「美麗的吉達，妳迷惑了我，我愛上了妳。」
他覺得好像一輩子都在等著要說這幾句話。
「為什麼？你為什麼要這麼說。看看我有多醜，多污穢。我的頭髮……從前我有一頭可愛的頭髮。」
「我很喜歡妳頭髮現在的樣子。」
「可是我們沒有未來。」
勒利緊緊地摟住她的腰，逼著她凝視。
「有的，我們有未來，明天在等我們。在我抵達此地的當晚，我對自己發過誓，我要從這個地獄活著出去。我們會活著一起到一個可以隨意親吻，隨意做愛的地方。」

吉達害臊地轉過臉，他輕輕地把她的臉扭過來對著他。

「在那裡我們可以隨意做愛，隨時隨地做愛，妳聽到了嗎？」

吉達點點頭。

「妳相信我嗎？」

「我願意相信，可是——」

「沒有可是，相信我。在妳的工頭開始懷疑之前，趕快回妳的住處吧。」

勒利正要走開，吉達把他拉了回來，狠狠地吻了他一下。

吻完後他說：「也許我應該更常不跟妳見面。」

「你敢。」她在他胸口打了一拳。

•

那天晚上伊凡娜和戴娜無止盡地盤問吉達。他們終於放心看到朋友又笑逐顏開了。

「妳有沒有告訴他有關妳家裡的事情？」

「沒有。」

「為什麼？」

「我開不了口。太痛苦了……何況他見到我是那麼地高興。」

「吉達，如果他像他說的那麼愛妳，他就會想知道妳失去家人這件事。他會安慰妳的。」

「也許妳對，戴娜。但是如果我告訴了他，我們兩個人都會很悲傷。我不想我們在一起的時候那樣。我要忘記身在何處和發生在家人身上的事情。當他摟著我的時候，我真的忘記了一切，就那麼一小會兒想暫時逃避現實。我這麼做錯了嗎？」

「沒有，一點都沒錯。」

「對不起，我有我的逃避之處——我的勒利。妳們知道我衷心希望妳們也能如此。」

「我們很高興妳有他。」伊凡娜說。

「我們其中一人得到快樂就足夠了。我們可以共享，而妳允許我們共享——這就足夠了。」戴娜說。

「只要不對我們保密，好嗎？」伊凡娜說。

「絕不保密。」吉達說。

「絕不保密。」戴娜同意。

第十四章

第二天早上，勒利到行政辦公室去找坐在主櫃檯後面的貝拉。

「勒利，你到哪兒去了？」貝拉面帶溫馨的笑容問道：「我們以為你出事了。」

「奧斯威辛。」

「啊，不必多說，一定是缺貨了——在這裡等著，我幫你補上。」

「貝拉，不要給太多。」

貝拉往吉達那兒望了一下說：「當然，我們需要讓你明天得再來。」

「妳太瞭解我了，年輕的貝拉，謝謝妳。」

見貝拉離開去給他補貨，勒利就靠在辦公桌前盯著吉達。他知道她看見他走進來了，只是忸怩作態地低著頭不看他。她用手指摸摸嘴唇，這令他痛苦地渴望。

他發現她旁邊齊爾卡坐的位子是空著的，他再度提醒自己要打聽她哪兒去了。

他看見一卡車的犯人已經運到，於是他離開辦事處往甄選區走去。他正在佈置桌子的時候，巴雷特斯基來了。

「刺青師，有人來看你了。」

在他抬起頭之前，聽到一個熟悉的聲音，像耳語那麼輕微。

「你好，勒利。」

里昂站在巴雷特斯基身邊——蒼白，瘦了，彎腰駝背，謹慎地一步步慢慢地走。

「我讓你們兩個敘敘舊。」巴雷特斯基笑著走開。

「天啊，里昂，你還活著。」勒利衝過去擁抱他。隔著襯衫，他可以感覺到他朋友的每一根骨頭。他近距離地觀察他。「孟格勒，是不是孟格勒？」

里昂只點了點頭。勒利用手輕輕地撫摸里昂骨瘦如柴的手臂和他的臉。

「這個雜種，有一天他會得到報應的。等我下了班就可以給你拿很多食物。巧克力，香腸，你想吃什麼？我會讓你胖起來。」

里昂對他淡淡地笑了一下說：「謝謝你，勒利。」

「我知道這個雜種讓犯人挨餓。我以為他只對女犯人如此。」

「如果真是這樣就好了。」

「你是什麼意思？」

里昂盯著勒利看。「他把我閹割了，勒利，」他用堅強鎮定的聲音說：「不知道為什麼閹割之後食慾也沒了。」

勒利驚愕得站都站不穩，他轉過身，不想讓里昂看到他吃驚的樣子。里昂盡力忍住不抽泣，望著地面想找點什麼讓他集中精力，以便恢復正常聲調。

「對不起，我不該跟你說這些。謝謝你提供的那些幫助，我很感激。」

勒利用深呼吸來壓抑他的怒氣。他想大發雷霆，為被傷害了的朋友報仇。

里昂清了清嗓子說：「有沒有可能讓我復職？」

勒利的臉充滿了溫情。「當然可以。很高興你回來工作——但是要等你恢復體力之後，」他說：「你何不回我住的房間？如果有任何吉普賽人阻止你，就告訴他們你是我的朋友，是我讓你去的。你會在我的床底下找到糧食。這兒結束了我就去見你。」

一個SS高階軍官走了過來。

勒利說：「趕快走。」

「趕快是我目前辦不到的。」

「對不起。」

「沒關係。我走了，待會兒見。」

軍官看著里昂走了，又走回去繼續他剛才的工作：決定誰生誰死。

•

第二天勒利到行政辦公室報到，他們跟他說放他一天假，因為奧斯威辛和比克瑙都沒有新送來的犯人，醫生先生也沒要求他幫忙。上午他和里昂一起度過。他賄賂了第七排房的工頭，重新收留里昂，並且表明當里昂恢復健康以後，會為勒利工作。他把原本計劃派給羅姆人和吉達的食物給了里昂。

勒利離開里昂的時候，巴雷特斯基叫住了他。「刺青師，你到哪兒去了？我到處找你。」

「他們跟我說今天休假。」

「啊，休假取消。過來，我們有件事要做。」

「我得去拿我的公事包。」

「這件事用不著你公事包裡的工具，過來。」

勒利快步跟著巴雷特斯基走。他們朝其中一個火葬場走過去。

他追上他問道：「我們要去哪兒？」

「你是不是擔心了？」巴雷特斯基笑著說。

「難道你不擔心？」

「不擔心。」

勒利的胸口發緊；呼吸變得急促。他該不該逃走？如果逃跑，巴雷特斯基一定會對他開槍，那又怎麼樣呢？子彈比烤爐好。

當他們走到離三號火葬場很近的時候，巴雷特斯基決定解除勒利的痛苦，腳步慢了下來。

「不要擔心，快走吧，否則我們兩個會惹上麻煩被送進烤爐的。」

「你不會是要處理掉我吧？」

「還不會。這裡似乎有兩個犯人的號碼一樣，我們需要你去鑑定一下。一定是你或者那個太監刺的。你必須告訴我們誰是誰。」

一棟紅磚房隱約地出現在他們眼前；許多大窗戶隱瞞了它的真實目的，但大煙囪說明了它恐怖的真相。在門口遇見兩個ＳＳ，他們跟巴雷特斯基開著玩笑，完全無視勒利的存在。他們指指房子裡頭緊閉的門，巴雷特斯基和勒利就朝門口走去。勒利環顧這條在比克瑙通向死亡之道的最後一段路。他看見囚犯分遣隊員等著處理屍體，一副挫敗的樣子，做著一件無人自願做的事情：把屍體移出毒氣室，再搬進焚屍爐裡。他試著以眼神告訴他們，他也是為敵人工作的成員，也選擇了盡可能活下去，進行侮辱有著相同信仰同胞的工作。結果沒人理他，連看都不看他一眼。他聽別的犯人說，這些人享有特權——他們住在不一樣的地方，是分開的房子，有額外的配給，穿得暖，睡覺蓋厚毯子，過得和他類似。一想到他在集中營的工作也是令其他犯人不屑的，就覺得五臟六腑直往下墜。在無法與他們溝通的情況下，他繼續往前走。

他們被領到一扇大鐵門前面，有個警衛站在那兒。

「沒事了，毒氣都散了。我們得把他們搬進焚屍爐。但在你沒有證明號碼正確之前，我們還不能搬。」

警衛為勒利和巴雷特斯基打開門。勒利盡量挺身站在那兒，凝視著巴雷特斯基，用手從左掃到右作勢。

「您先請。」

巴雷特斯基笑著拍了一下勒利的背說：「不，你先。」

「不，您先請。」勒利又說了一次。

「刺青師，我堅持。」

SS軍官敞開大門，他們走進一個像洞穴般的房間。屍體，滿屋子堆著幾百具裸屍，摞在一起，肢體扭曲。死人的眼睛瞪視著，有年輕男的，也有老的，小孩在最底下。血液、嘔吐物、尿液、糞便橫流，死亡的氣味充滿了整個空間。勒利屏住呼吸。

他的肺部有燒灼的感覺。他的兩腿發軟，幾乎站不住了。他身後的巴雷特斯基說：「他媽的。」

這句話來自一個施虐狂之口，使得勒利在慘無人道之井中淹沒得更深。

「在這裡。」有個軍官指了指，他們跟著他走到屋子的一邊。這個軍官開始跟巴雷特斯基講話。這回巴雷特斯基破天荒地說不出話來，指指勒利，向軍官表示他聽得懂德文。

「他們有相同的號碼，這怎麼可能？」他問道。

勒利只能搖搖頭，聳聳肩。他心想，**我怎麼會知道**。

「看看他們，到底哪個是正確的？」軍官厲聲地說。

勒利彎下身抓起其中一隻手臂。他很慶幸藉這個機會跪下來穩住身。他仔細地看了看手臂上刺的號碼。

「另一個呢？」他問道。

另外一條手臂被粗魯地推到他跟前。他仔細地看了那兩個號碼。

「你看，這不是個3字，而是個8字，部分已經褪色了，但是是個8字。」

警衛在每隻冰冷的手臂上寫上正確的號碼。沒等批准，勒利就站起身走出了火葬場。巴雷特斯基也緊跟著走出來，彎下腰深呼吸。

巴雷特斯基停頓了一下。

「你沒事吧？」

「不，我他媽的糟得很。你們這些雜種，還要殺掉我們多少人？」

「我知道你很難過。」

巴雷特斯基只是個孩子，是個沒教養的孩子。可是勒利無法不奇怪，對於他們剛剛看到的這些死人，極端的痛苦鏤刻在他們的臉上和扭曲的身體上，他怎會一點感覺都沒有呢？

「來吧，我們走吧。」巴雷特斯基說道。

勒利站起來跟著他走，卻無法看著他。

「你知道吧，刺青師？我確信你是唯一的一個走進焚屍爐又走出來的猶太人。」

他大笑著在勒利背上拍了一下，大踏步往前走去。

第十五章

勒利毅然從他的住處走過大院，兩個ＳＳ軍官走過來，端著槍。他沒停步，只舉起他的公事包。

「政治部！」

守衛放下步槍，他沒再說話就通過了。勒利走進女子營地，直接往第二十九排房走去。他在那兒遇見了工頭，正靠房站著，一副百無聊賴的樣子。管她的人不在，去別處工作了。他走過來的時候她沒動。他從包裡拿出一大塊巧克力。巴雷特斯基警告過她，不可以干涉刺青師和4562號犯人之間的關係。她接受了這份賄賂。

「請妳把吉達帶到我這兒來，我在裡面等她。」

她把巧克力塞進豐滿的胸部，聳聳肩，往行政樓走去。勒利走進營房裡，把身後的門關上。沒等多久，陽光從打開的門透進來，他知道她來了。吉達看見他低著頭，站在半暗的房裡。

「是你！」

勒利朝她邁進一步，她卻往後退了一步，緊挨著關閉的門，顯然很痛苦。

「妳還好嗎？吉達，是我啊。」

他又朝她走了一步，被她明顯的顫抖給嚇到了。

「說話呀，吉達。」

「你……你……」她重複地說。

「沒錯，就是我，勒利。」他抓住她的兩隻手腕，試圖緊緊握住。

「你有沒有想過，當一個人被ＳＳ帶走的時侯，腦子裡想的是什麼？你有沒有一點點觀念？」

「吉達——」

「你怎麼可以這樣？你怎麼可以讓ＳＳ把我帶走？」

勒利目瞪口呆。他放鬆了抓住的雙腕，她抽回手轉過身。

「對不起，我沒有要嚇妳的意思，我只是叫妳的工頭把妳帶來，我需要見妳。」

「當某人被ＳＳ帶走，就再也見不到了。你懂嗎？我以為我要被帶去殺掉，那時候，我能想到的人只有你，不是我的那些朋友，也不是很難過地看著我被帶走的齊爾卡，而是你。我以為再也見不到你了，而你居然就在這裡。」

勒利感到羞愧，他自私的需求給他心愛的人帶來了痛苦。突然她舉拳奔向他，他向她伸出雙臂，他和她撞在一起。她用拳頭打他的胸口，淚流滿面。勒利接受這一陣拳擊，直到拳擊逐漸消退。於是他慢慢托起她的臉，用手把眼淚抹掉，試圖吻她。當彼此的嘴唇靠近時，吉達抽離了，對他怒視。他伸出雙臂示意她回來，看到她不願意，就放下了手臂。她再度衝向他，這回把他推得背貼著牆，同時企圖把他的襯衣脱掉。勒利大吃一驚，拒她於一臂之外，但她不顧一切，把自己使勁擠到他身前，狠狠地吻他。他雙手托住她的臀部將她抬起，她則以雙腿盤住他的腰身，饑渴地吻他，甚至咬破了他的嘴唇。勒利嚐到了血液的鹹味，回吻著她。兩個人絆倒在身旁的連鋪床上。他們一輪翻滾，撕扯彼此的衣服。他們的性愛激烈且急切，這份需求已醞釀很久了，什麼都擋不住了。兩個人都急切地渴望愛情和肌膚之親，很怕一旦錯過就再沒機會體驗了。這正式印證了彼此的承諾，此時此刻勒利知道他不可能愛上另一個人了。這增強了他的決心再活一天，再多活一天，多活一千天，無論多久都要堅守他對吉達的承諾：「有一天可以自由地隨時隨地任意做愛。」

筋疲力盡後，他們躺在彼此的懷裡。吉達睡著了，勒利看了她好久。他們之間的肢體搏鬥已經結束，代之而來的是勒利內心的躁動。他心想，**這個地方對我們做了什麼？**

它把我們變成什麼了？我們這樣還能繼續多久？她以為今天就是她的末日，這是我造成的痛苦，我再也不能這麼做了。

他摸了一下嘴唇，皺皺眉。這下就打斷了他灰暗的心情，想到痛的原因，他笑了。他以溫柔的吻叫醒了吉達。

「喂。」他低聲說道。

吉達翻身趴著，困惑地看著他。「你沒事吧？你看上去，我不知怎麼說……縱然我剛才很生氣，現在回想，你看來糟透了。」

勒利閉上眼，深深地嘆了口氣。

「發生了什麼事情？」

「這麼說吧，我又往深淵裡踏了一步，但是我還是走出來了。」

「有那麼一天你會告訴我嗎？」

「大概不會。吉達，別提它了。」

她點了點頭。

「妳現在應該回辦公室，好讓齊爾卡和其他人知道妳安然無恙。」

「嗯，我想永遠在這兒跟你在一起。」

「永遠是一段很長的時間。」

「也可能是到明天。」她說。

「不，不會的。」

吉達轉過頭，紅了臉，閉上眼睛。

「妳在想什麼？」他問。

「我在聽，聽牆壁。」

「它們說什麼？」

「沒說什麼。它們在沉重地呼吸，為那些早出晚不歸的人哭泣。」

「它們不是為妳哭泣，我的愛人。」

「不是今天，我現在知道。」

「也不是明天。它們永遠都不會為妳哭泣。現在趕快離開這裡，回去工作吧。」

她把身子蜷縮成球。「你先走好嗎？我要找一下我的衣服。」

他又親了她最後一下。勒利到處翻找他的衣服，穿好了，走前再輕吻了她一下。房外，工頭又恢復原先的姿勢，靠牆站著。

「好點了嗎，刺青師？」

「是的，謝謝。」

「巧克力好極了。我也喜歡香腸。」

「我會想辦法。」

「行，刺青師，再見。」

第十六章
一九四四年三月

敲門聲把勒利從沉睡中吵醒。他小心翼翼地打開門，心想可能又是哪個羅姆人男孩。但是卻見兩個年輕男子站在門口，左顧右盼地，一副擔驚受怕的樣子。

「你們想要找誰？」勒利問道。

「你是刺青師嗎？」其中一個用波蘭語問道。

「那要看是誰打聽啦。」

「我們要見刺青師。有人告訴我們他住這兒。」另外一個男孩說。

「快進來吧，別吵醒了嬰兒。」

男孩們都進了屋，勒利把門關上，示意他們坐床上。兩人都高高瘦瘦的，其中一人臉上長了些雀斑。

「我再問一次，你們想要什麼？」

「我們有一個朋友——」長雀斑的男孩結結巴巴地說。

「我們不都是這樣嗎？」勒利打斷了他的話。

「我們的朋友遇上了麻煩——」

「我們誰不是呢？」

兩個男孩彼此望了望，不知該不該往下說。

「對不起，繼續說。」

「他被抓到了，我們很怕他們會殺他。」

「他做了什麼被抓到了？」

「呃，上星期他逃走了，後來他們抓到他，把他帶回這裡。你覺得他們會怎麼處理他？」

勒利簡直不敢相信。

「他到底是怎麼逃走的，又到底怎麼笨到被抓住？」

「我們也不太清楚這整件事。」

「哦，他會被吊死，大概就是明天一大早。你們該曉得，那是針對試圖逃跑的人的懲罰。」

「你能做點什麼嗎？有人說你可以幫上忙。」

「我可以幫你們找點吃的，只此而已。這個男孩現在在哪裡？」

「就在外面。」

「在這個房門外？」

「對。」

「天啊，快叫他進來。」勒利說，打開了門。

其中一個男孩趕忙走出去，很快就帶來了一個年輕男子，低著頭，嚇得直抖。勒利指指床鋪，他就坐下了。他的眼泡是腫的。

「你的朋友告訴我你逃走了。」

「是的，先生。」

「你是怎麼做到的？」

「呃，我在外頭工作，問守衛我可不可以去大便。他叫我到林子裡去，因為他不要聞到臭氣。當我歸隊的時候，發現他們都走了。我擔心如果我跑步追他們，會被守衛槍殺，所以我就又走回林子裡。」

「然後呢？」

「哦，我就一直走啊走的。後來我走到一個村子裡，想偷點吃的，就被抓了。我餓死了。士兵們看見我的刺青號碼，就把我帶回這裡來了。」

「那他們明早要吊死你，對嗎？」

「你是不是可以幫我們想想辦法，刺青師？」

勒利在他的小房間裡來回踱步。他拉起男孩的袖子，仔細看了一下他的號碼，**是他刺的**。他又來回踱步，男孩子們靜靜地坐著。

「在這兒等著。」他以命令的口吻說道，抓起公事包，匆忙離開了房間。探照燈在掃描外面的大院，像一隻隻兇暴的眼睛尋找殘殺對象。勒利貼著房子往行政樓走去，進了主辦公室。看到貝拉坐在辦公桌前，他頓時鬆了一口氣。她抬頭看著他。

「勒利，你來這兒幹什麼？我沒工作給你做啊。」

「嗨，貝拉，我可不可以跟妳打聽點事情？」

「當然，任何事情都可以，這你曉得的，勒利。」

「今天稍早我在這兒的時候，聽到今晚是不是會送走一批犯人？」

「不錯，今晚半夜會有一批被送到另一個集中營。」

「有幾個人？」

貝拉拿起手邊的一張紙說：「有一百個人的名字。怎麼了？」

「只有名字，沒有號碼？」

「沒有，他們還沒有刺號碼。今天稍早他們剛到，會被送到一個男孩集中營。那裡沒有人有號碼。」

「我們可不可以再擠一個進名單裡？」

「我猜可以，給誰？你嗎？」

「不是，你知道我是不會棄吉達而去的。是別人——妳知道得愈少愈好。」

「沒問題，我可以幫你。他叫什麼名字？」

「我蠢死了，」勒利說：「我馬上回來。」

勒利很生自己的氣，急忙走回他的房間。「你的名字——你叫什麼名字？」

「孟德爾。」

「孟德爾什麼？」

「對不起，孟德爾・鮑爾。」

●

勒利回到辦公室，貝拉把名字加在打字名單的最後一行。

「守衛會不會質疑這個名字打的字和別的不一樣？」勒利問道。

「不會的，他們才懶得過問這種事。如果牽涉進這種事情裡，會為他們製造太多麻煩。只要告訴那個人，在院子裡等著上車就行了。」

勒利從他的包裡拿出一只鑲了紅寶石和鑽石的戒指給貝拉。「謝謝妳。這是給妳的。妳可以留著或者賣掉。我一定讓他在那裡等車。」

•

回到房間，勒利把孟德爾的兩個朋友趕下床，拿了他的公事包，坐在他旁邊。

「把你的胳膊給我。」

男孩們看著勒利把手臂上的號碼變成一條蛇。沒做到十全十美，但是足以把號碼蓋住了。」

「為什麼這麼做？」其中一個男孩問道。

「孟德爾要去的地方，沒人手臂上有號碼。過不了多久，他的號碼就會被發現，那麼他就會被送回這裡，去赴劊子手之約。」

結束了刺青工作，他轉身對著旁觀的兩個男孩。

「現在你們兩個該回去了，要小心。每晚我只能救一個人，」他說：「明天你們的朋友就不會在這裡了，今晚午夜他就搭車走了。我不知道他會去哪裡，可是無論何處，他至少有機會活下去。你們明白嗎？」

三個男孩擁抱了彼此，並做出承諾，等度過這場惡夢之後再一起敘舊。等孟德爾的朋友走了之後，勒利再次坐到他旁邊。

「你要一直在這裡待到要動身的時候。我會親自送你去搭車，之後就靠你自己了。」

「我不知該怎麼謝謝你。」

「假如你再逃跑的話，不要被抓到。那就足夠謝我的了。」

過沒多久，勒利聽到院子裡有動靜。

「快點，該走了。」

他們溜了出去，沿著房子的牆邊挪步，直到他們看見有人被裝上兩輛卡車。

「動作快一點，盡量想辦法插隊到中間。闖進去，如果他們問你，就把名字告訴他們。」

孟德爾匆匆地走了，還真讓他插上了隊。他以雙臂抱胸禦寒，並且摀住臂上的那條蛇。勒利看見守衛找到了他的名字，領他上了車。當司機發動了引擎，把卡車開走，勒利才偷偷溜回他的房間。

第十七章

接下來的幾個月，特別難熬。犯人以各種方式死去。有的死於疾病，營養不良或者是風寒。有幾個奮力走到電鐵絲網，觸電自殺。有的還沒走到電鐵絲網，就被塔台上的警衛槍殺了。毒氣室和火葬場都在加班運作，勒利和里昂刺青工作的地方擠滿了人，成千上萬的人被運到奧斯威辛和比克瑙。

勒利和吉達盡可能在星期天見面。他們混在人堆裡，偷偷地碰觸彼此。偶爾他們會溜到吉達的住處約會。這就足以讓他們繼續信守活下去的諾言，勒利則策劃他們兩個人的未來。吉達的工頭因為吃了勒利給她的食物而長胖了。偶爾勒利會好一陣子無法脫身來見吉達，她會直接了當地問吉達：「妳男朋友下一次什麼時候再來？」

有一個星期天，禁不起一再的要求，吉達終於告訴勒利齊爾卡的事情。「齊爾卡是希瓦茲忽伯的玩物。」

「天啊。這種情況有多久了？」

「我不太確定。一年，也許久一點。」

「他不過就是個醉鬼和有虐待狂的雜種，」勒利緊握拳頭說道：「我可以想像他是怎麼對待她的。」

「不要那麼說！我真不要去想它。」

「她有沒有告訴過妳，他們在一起的時候都做些什麼？」

「她沒說，我們也不問。我不知道能怎麼幫她。」

「如果她以任何方式拒絕他的話，他會親手殺死她的。我猜齊爾卡已經明白這一點了，要不然她早就死了。懷孕是最大的問題。」

「放心吧，沒人會懷孕的。一個女人必須有月事才會懷孕，你難道不知道？」

勒利尷尬地說：「啊，不錯，我曉得。只是我們沒談過這件事。我猜我沒想過。」

「你跟那個虐待狂雜種都不需要擔心齊爾卡和我會生小孩，好嗎？」

「不要拿我跟他相提並論。告訴她，我覺得她是個英雄，認識她我感到驕傲。」

「你說英雄是什麼意思？她不是英雄，」吉達有點惱火地說道：「她只是想活下去。」

「這就足以令她成為英雄了。妳也是英雄，親愛的。妳們兩個選擇活下去，就是一種針對納粹雜種的抵抗。選擇活下去是一種挑戰行為，是一種英雄氣概。」

「那麼你呢？」

「他們提供了我傷害同胞的機會，我選擇了這麼做，目的是活下去。我只希望將來他們不會把我當成幫凶或通敵者。」

吉達靠過來親了他一下說：「你是我心目中的英雄。」

時間就這麼流逝了。當別的女孩子開始回到住的地方，著實把他們嚇了一跳。幸好他們已穿著整齊，因此勒利離開時不致出醜，否則就難堪了。

「哈囉，嗨，丹娜，見到妳真好。少女們，女仕們。」他邊走邊打招呼。

工頭還是那副德行，待在門口，看見勒利搖了搖頭。

「你得在別人回來之前離開這兒，行嗎，刺青師？」

「對不起，下不為例。」

勒利在大院裡輕快地走著，像腳底裝了彈簧。他驚訝地聽到有人叫他的名字。他左右望了望，看看到底是誰喊他，原來是維克托。他和其他的波蘭工人正要走出集中營，維克托招手叫他過去。

「嗨，維克托，尤利，你們好嗎？」

「看你這副樣子，我們沒你好，最近有事嗎？」

勒利揮揮手說：「沒事，沒什麼。」

「我們有東西給你，本來還以為不能交給你了。你的公事包裡還有空位嗎？」

「當然有。對不起，我應該早點過去找你們的，但是，呃，太忙了。」

勒利打開公事包，維克托和尤利就往裡塞東西。太多了，裝不下。

「要不要留下一些明天再帶來給你？」維克托問道。

「不必，我現在都拿走。明天見面的時候，我會付報酬給你們。」

在比克瑙千千萬萬個女孩子裡，除了齊爾卡外，還有一個女孩子是ＳＳ讓她留著長髮的。她跟吉達差不多年紀。勒利從來沒跟她說過話，但是偶爾會看見她。她飄逸的金髮脫穎而出，其他女孩子都盡可能用頭巾遮掩一頭髮渣，有的就撕塊襯衫當頭巾。有一天，勒利問巴雷特斯基，她是怎麼回事，她怎麼可以留長髮？

「她抵達集中營那天，」巴雷特斯基說：「胡斯指揮官正好在甄選處，他看見她，覺得她很美，就吩咐不要動她的頭髮。」

在這兩個集中營裡，勒利經常會看見一些令他震驚的事。但是在千百個女子裡，胡斯只覺得這個女孩子美麗，確實令他困惑。

勒利的褲管裡塞著根香腸，匆忙地走回房間。當他轉過屋角，看見她就在那兒，集中營裡「唯一」美麗的女子正盯著他看，他以破紀錄的速度跑回房間。

第十八章

春天把這個殘酷的冬之惡魔給趕走了。暖和的天氣給每個人帶來一線希望。這些人都經歷了嚴厲的風雪，以及工頭的任意虐待。連巴雷特斯基都沒有那麼麻木不仁了。

「刺青師，我知道你有辦法得到外援。」他說道，聲音比平常的輕。

「我不懂你的意思」勒利說。

「東西，你有辦法得到的東西。我知道你和外界有聯繫。」

「你為什麼這麼說？」

「你看，我喜歡你，對吧？我還沒殺你，對不對？」

「你殺了許多其他人。」

「但是沒殺你。我們情同手足，你和我。我不是把秘密都跟你說了嗎？」

勒利選擇不辯駁手足之情的說法。「你說吧，我聽著。」勒利說道。

「有時候你勸我，我都聽了。我甚至寫了些甜言蜜語給我的女朋友。」

「這我倒不知道。」

「現在你知道了，」巴雷特斯基面帶真摯的表情說道：「現在，聽好了——我想讓你給我找點東西。」

勒利很怕這番對話不小心被別人聽到。

「我跟你說過——」

「我女朋友的生日快到了，我要你幫我找一雙尼龍絲襪給她。」

勒利以不敢相信的眼光看著巴雷特斯基。

巴雷特斯基對他笑了笑。「只要把絲襪給我，就不殺你。」他笑著說。

「我看著辦。可能需要幾天時間。」

「只要不太久就行了。」

「還有什麼我可以幫你做的？」勒利問道。

「沒有，你今天休假，你可以去找吉達共度好時光。」

勒利聽了覺得不舒服。巴雷特斯基曉得勒利和吉達在一起已經夠糟了，可是這個雜種居然直呼她的名字，聽到真讓他受不了。

在他去做巴雷特斯基建議的事情之前，勒利先去找維克托。結果找到了尤利，他告訴他維克托生病了，今天沒來上班。勒利說他聽了很難過，說完就走了。

「我能幫上忙嗎？」尤利問道。

勒利走了回來。「我不知道。我有個特殊請求。」

尤利揚了一下眉毛說：「我可能幫得上忙。」

「尼龍絲襪。你知道，就是女孩子腿上穿的那種。」

「我不是小孩，我知道尼龍是什麼。」

「你能不能幫我找到一雙？」勒利讓他看到攥在手裡的兩顆鑽石。

尤利拿了鑽石。「給我兩天時間，我想我可以幫你找到。」

「謝謝你，尤利。幫我問候你的父親，希望他早日康復。」

●

當勒利穿過大院往女子營地走的時候，他聽到了飛機的聲音。他往天上望，看見一架低飛的小飛機在大院上空飛過又繞了回來，飛得低到他都看得見美國空軍的軍徽。

有個犯人大叫道：「是美國人，美國人來了！」

每個人都抬頭往上看。有幾個人跳上跳下，向空中揮手。勒利往四周看了一下，發現大院周圍塔台上的警衛都提高警覺，把槍口對準下面大院裡騷動的男男女女。有些人揮著手，只想引起飛行員的注意；許多其他人指著火葬場尖叫：「丟炸彈！丟炸彈！」當飛機二度飛過大院，又繞回來飛第三次的時候，勒利曾經考慮過要加入大夥的行動。有幾個犯人往火葬場的方向跑過去，急切地想把信息傳遞給飛行員。「丟炸彈！丟炸彈！」

飛機第三次飛過比克瑙後，便拉高飛走了。犯人們繼續不停地喊叫。有些人由於聲嘶力竭的喊叫被忽略了，傷心欲絕地跪在地上。勒利開始退後到附近的一棟房子邊上，正好躲過一陣來自塔台上警衛的掃射。有幾十個沒來得及逃離的人被打死了。

因為不想面對亂開槍的警衛，勒利決定不去找吉達了，乾脆回住的地方，孰知迎接他的是一片哭啼哀號，婦女們摟著受傷的男孩和女孩。

「他們看到了飛機，就和一群犯人跑來跑去。」有個人說道。

「我能幫上忙嗎？」

「把其他的孩子帶進房裡，他們不需要看到這些事情。」

「當然。」

「謝謝你，勒利。我叫年紀大些的女人來幫你，我不知道該怎麼處理這些屍體，我不能置之不理。」

「ＳＳ會來收屍的，我很確定。」這麼說聽起來非常冷酷無情，就事論事。勒利忍不住熱淚盈眶，坐立不安。「對不起。」

「他們會如何處置我們？」這人說道。

「我不知道我們未來的命運。」

「就死在這裡？」

「能不死最好，但我真的不知道。」

勒利開始把男孩和女孩集合起來，帶領他們進房。有的在哭，有的嚇得都哭不出來了。有幾個老女人幫他。她們把倖存的孩子們帶到房子的盡頭，講故事給他們聽，但這回一點用都沒有，完全無法安慰孩子們，大多數都被嚇傻了。

勒利到他的房間裡拿了一些巧克力回來。他和納迪婭把它掰開，分給孩子們。有的小孩接受了，有的望著它，覺得這可能也會傷害他們，他沒轍了。納迪婭握住他的手，讓他站直身子。

「謝謝你，你已盡你所能。」她用手背輕輕抹了一下他的臉。「現在你可以離開了。」

「那我去幫男人做點事。」勒利結巴地說道。

他蹣跚地走了出去。他幫男人把小孩的屍體堆在一起，讓ＳＳ運走。他看到他們已經開始把大院裡的屍體收走。有幾個母親抱著她們的寶貝不肯鬆手。看見弱小且無生氣的形體從母親的懷抱裡被奪走，他的心碎了。

「願祂的名被尊為聖……」勒利以猶太文低聲吟誦猶太教的讚美詩。他不知道羅姆人以什麼方式和語言對死者致敬，但他有一種本能的衝動，用他熟悉的經文對死者哀悼。勒利在外面坐了良久，仰望天空，想弄明白美國人看到了什麼，有何想法。有幾個男人過來沉默地同他坐在一起，沉默不再是安靜的。一堵悲傷的牆圍繞著他們。

勒利想了一下這天的日期，一九四四年四月四號。當他去領分配工作表格的時候看到，他就覺得不對勁。四月，四月就怎麼了？他突然明白了。再過三個禮拜就是他到此的兩週年。**兩年呀**。他是怎麼辦到的？怎麼他還活著？許多人都死了。他回想剛到這裡時對自己發的誓。要活下去目擊那些罪有應得者的報應。也許，僅僅是也許，飛機裡的人已經知道實際情況，已發動救援了。對那些今天被殺的人來說，已遲了一步，也許他們沒有白白犧牲。勒利心想，**得堅持這個想法，明天才可以活著起床，然後是後天，大後天，等等**。

頭上閃爍的星空不再是一種安慰。它們僅僅是提醒了他生活的可能性和現在生活之間的鴻溝。猶記他小時候，在溫暖的夏夜，當家人都睡了，他會溜出去，讓晚風輕撫他的臉頰，哄他入睡；還有那些與少女共度的夜晚，手牽手在公園裡散步，千萬顆星光照亮了湖邊的步道。他一向覺得這夜空的穹頂撫慰著他。**在這世上的某處，我的家人也看著這些星星，心想不知我在何方。但願他們從這些星星那兒可以得到比我更多的安慰。**

•

勒利是在一九四二年三月初向雙親、哥哥和姐姐道別，離開克龍帕希老家的。前一年十月，他辭了職，把在布拉迪斯拉發租的公寓也退了。他決定這麼做，是因為他跟一個在政府工作的非猶太人老朋友敘舊時得知，針對所有猶太人的政策正在改變，不論勒利有多大的能耐，恐怕都救不了他自己。他的朋友給他找了份工作，為他提供保障不會被檢舉。勒利去見了他朋友的上司，得到一份工作，當斯洛伐克民族黨主席的助手。勒利穿上了一身很像軍裝的政黨制服。接下來的幾個星期，他走遍全國各地，散發傳單，在群眾大會上演講。黨的主要目的是團結年輕人，向政府挑戰。結果徒勞無功，無法達到譴責希特勒和保護全體斯洛伐克人的目的。

勒利知道在斯洛伐克的公共場合，所有猶太人穿的衣服上都要有一顆黃色的大衛之星。他拒絕接受這個規定。不是因為恐懼，而是他認為自己是斯洛伐克人：自豪、固執，他甚至默認對自己在這世上的身分引以為傲。至於是個猶太人這件事，只是次要和附帶的。之前這件事從來沒有影響到他的言行和交友。一旦和人在交談中提起，他會承認，一下就帶過去。對他來說，這不是他主要的特徵，這是與家人在臥室裡而不是在餐館或俱樂部裡討論的話題。

一九四二年二月，他預先得到警告，德國外交部要求斯洛伐克政府把國內的猶太人運出國境，為德國提供勞動力。他申請去看望家人，不但被批准，而且告訴他可以隨時官復原職——會為他保留這份政黨工作。

他從來沒有覺得自己幼稚無知。誠如當時許多住在歐洲的人，希特勒的崛起和他給予周邊小國帶來的恐懼也令他感到不安，但他無法接受納粹會侵略斯洛伐克這個事實，因為他們沒有這個必要。斯洛伐克政府已經答應他們隨時可以予取予求，並且不會有任何威脅，斯洛伐克只希望不受干擾。與家人共進晚餐或朋友聚會時，他們會討論在其他國家的猶太人受到迫害的傳聞，但他們不認為斯洛伐克猶太人的情況岌岌可危。

•

現在他卻在這裡。兩年過去了。他生活在一個社區裡，大致一分為二——猶太人和羅姆人——以種族區分，而不是國籍，勒利到目前為止對這些事還是弄不明白。有些國家對其他國家可能造成威脅，他們有武力，他們有軍隊。一個散居許多國家的種族，怎麼可能被認為會造成威脅？他知道在他有生之年，無論長短，將永遠無法理解這件事情。

第十九章

「你失去你的信仰了嗎？」在行政樓後面專屬他們的地方，吉達這麼問了之後又靠回勒利的胸口。她選擇此刻問這個問題，因為她要聽而不是看他的回答。

「妳為什麼這麼問？」他說道，一面輕撫她的後腦勺。

「因為我覺得你失去了，」她說：「那令我悲傷。」

「那麼顯然妳沒失去妳的信仰囉？」

「是我先提問的。」

「是的，我是失去了。」勒利回答道。

「什麼時候？」

「我剛到這裡的那天晚上。我跟妳說過發生的事情，我目睹了什麼。慈悲的主怎麼能讓這種事情發生，我真不明白。自從那天晚上之後，就再沒發生任何事情來改變我的想法了。甚至恰好相反。」

「你必須有信仰。」

「我有。我相信妳和我，相信我們會一起離開這裡，去可以一起重建生活的地方——」

勒利把她扳過來面對他。

「我知道，隨時隨地，為所欲為。」她嘆息道：「哦，勒利，要是能那樣就好了。」

「我不要被定義為一個猶太人，」他說：「我並不否認我是猶太人，可是我首先是個人，是個與妳相愛的男人。」

「如果我堅持我的信仰呢？那對我仍然很重要呢？」

「對此我無權過問。」

「你當然有。」

他們陷入一陣不安的沉默中。他看著她，她則垂下眼簾。

「妳想堅持妳的信仰，我沒有意見，」勒利溫柔地說道：「如果它對妳意義重大的話，我會鼓勵妳有宗教信仰，只要和妳在一起。我們離開這裡之後，我會鼓勵妳繼續參與宗教活動，當我們有了小孩，他們可以跟母親一起信教。妳滿意這個安排嗎？」

「小孩？我不知道我還能不能生育，我的體內器官已失去功能了。」

「一旦我們離開了這裡，我會把妳養胖一點，那麼我們就可以有小孩了；他們將會是美麗的孩子，就像他們的母親一樣美麗。」

「謝謝你，親愛的，你讓我相信我們會有未來。」

「太好了。這是不是表示妳會告訴我妳姓什麼，來自哪兒？」

「現在還不行。我告訴過你，在我們離開這裡的那一天，我會告訴你。請你不要再問了。」

•

離開吉達之後，勒利去找里昂和其他幾個住在第七排房的朋友。那是個美好的夏日，他打算跟他的朋友一起盡情享受陽光。他們靠著一棟房子的牆坐著，講些平淡無奇的事情。口哨一響，勒利就跟他們道別，走回住處。快走到住房的時候，他感覺有點不對勁。羅姆人兒童閒站著，沒有像平常那樣跑過來迎他，只是在他走過來的時候閃到旁邊。他跟他們打招呼，可是他們沒有回應。當他打開房門時，立刻就全明白了。展現在他床上的是原本藏在睡墊下的寶石和鈔票。有兩個ＳＳ軍官在等他。

「要不要解釋一下？」

勒利啞口無言。

其中一個軍官一把抓過他的公事包，把裡面的工具和墨水瓶倒在地上，然後把那些瑰寶都裝進包裡。他們拔出手槍，面對勒利，示意他走出去。孩子們靠邊站，勒利走出營地，他相信這是最後一次活著走出去了。

•

勒利站在豪斯泰克面前，公事包裡的東西被攤開在班長的辦公桌上。

豪斯泰克拿起每一顆寶石仔細地檢查。「你從哪裡得到這些的？」他頭都沒抬地問道。

「犯人們給我的。」

「哪些犯人？」

「我不知道他們的名字。」

豪斯泰克抬起頭嚴肅地看著他。「你不知道是誰給你的？」

「對，我不知道。」

「我就該相信你了嗎？」

「是的，長官。他們拿給我，可是我不問他們的名字。」

豪斯泰克把拳頭砸在桌子上，弄得寶石噹啷響。

「你令我很生氣，刺青師。你很稱職。現在我得找別人做這份工作了。」他轉過身去對押送的官員說：「把他帶到第十一排房，在那裡他很快就會想起那些名字來的。」

勒利被押了出去，上了一部卡車。兩個SS軍官夾著他坐，用手槍頂著他的肋骨。在兩哩半的車程期間，勒利默默地跟吉達以及他們想像的未來道別。他閉上眼，默唸他每一個家人的名字。他已不能像從前一樣描憶兄姐們的長相了。母親的樣子仍然很清晰。但是如何跟母親道別？這個給了他生命，教他怎麼活的人？他沒法跟她道別。當他父親的形象出現在他眼前時，他倒抽了一口氣，這使得軍官的手槍頂著他的肋骨更重了一點。他最後一次見他父親時，他正流著淚。他不想把這個印象作為他所記得的父親，於是他思索另外一個形象，結果想起了父親為他心愛的馬幹活。他跟牠們說話時總是很親切，比對孩子們熱情得多。勒利的哥哥馬克斯比他大、比他聰明。他要他知道，他沒有令他失望，他盡可能做到，如果自己是馬克斯會如何做的地步。當他想到他的姐姐高蒂，他太難受了。

卡車突然剎車，使他撞到身旁的軍官。

他被關在第十一排房的一個小房間裡。第十和第十一排房的惡名遠播，它們是專門用來懲罰刑犯的地方。在這些隱密的酷刑房後面有一堵黑牆，叫槍斃牆。勒利預測他受了酷刑之後，就會被帶到這裡來。

頭兩天他坐在牢房裡，只從門縫傳進來一點光線。每當他聽到其他犯人痛苦的喊囂和尖叫時，他就在腦海裡重溫他和吉達度過的每時每刻。

第三天他被灑進房間的陽光照花了眼睛。一個大個子擋在門口，遞給他一碗湯，勒利接了過來。當他的眼睛適應了之後，他認清了這個人。

「賈科布，是你嗎？」

賈科布走進了房間，低矮的天花板令他不得不弓背。

「刺青師，你在這裡做什麼？」顯然賈科布很吃驚在這裡看到勒利。

勒利勉為其難地站直身子，伸出手說道：「我經常想起你，不知你怎樣了。」

「正如你所料，他們為我找到了合適的工作。」

「所以說，你是個警衛囉。」

「不僅僅是個警衛，我的朋友。」賈科布說話的聲音很陰冷。「坐下來吃點東西，讓我告訴你，我在這裡的工作和即將發生在你身上的事情吧。」

勒利憂心忡忡地坐下來，看著賈科布遞給他的食物。一碗既稀又髒的湯裡有一塊馬鈴薯。剛才還飢腸轆轆的他突然就沒胃口了。

「我從來沒忘記你對我有多好，」賈科布說道：「我很確定到達這裡的那天晚上我會餓死，而你卻帶東西給我吃。」

「啊，你比大多數人要多吃點。」

「我聽說你走私食物。是真的嗎？」

「那正是為什麼我被關在這裡的原因。在加拿大工作的犯人偷偷給我錢和寶石，我用它們向村民買食物和藥材，然後分發給需要的人。我猜有人不小心說漏嘴害了我。」

「你不知道是誰說的嗎？」

「難道你知道？」

「不知道，我的責任不是要知道。我只負責從你那裡得到名單——計劃逃亡或者起義的犯人名單，當然也包括提供你錢和珠寶的犯人名單。」

勒利轉過頭去。他開始領悟到賈科布所說的事情的嚴重性。

「就像你一樣，刺青師，我工作的目的是想活下去。」

勒利點點頭。

「我會毆打你直到你把名單給我。我是個殺手，勒利。」

勒利搖著他低垂的頭，嘟囔著他所知道的每一句髒話。

「我別無選擇。」

混雜的情緒衝擊著勒利。死去的犯人名字掠過腦際。他可不可以把這些名字給賈科布呢？**不能，早晚他們會查出真相，那麼我就又回到了這裡。**

「問題是，」賈科布說道：「我不能讓你給我任何名字。」

勒利迷惑不解地盯著他看。

「你曾經善待過我，我會令毆打看上去比實際的厲害。如果你告訴我那些人的名單，我會先殺了你。我的手盡量不要沾無辜者之血。」賈科布解釋道。

「噢，賈科布。我沒想到他們幫你找了這麼一份工作。真對不起。」

「如果我殺死一個猶太人而可以讓十個免死，我會去做。」

勒利伸手摸了一下大個子的肩膀說：「就做任何你必須做的事吧。」

「跟我說話只可以用意第緒語，」賈科布背過身說道：「我不覺得這裡的ＳＳ認識你，也不知道你會說德語。」

「好的，就說意第緒語。」

「過一會兒我會回來。」

牢房又回復漆黑一片，勒利思索自己命運的可能性。他決定不把任何人的名字供出來。現在就看誰殺他了：一個晚餐快涼了的無聊ＳＳ軍官，或者是賈科布為了救人而執行他的正義之戮。一旦他接受了死亡，他的身心頓感平靜。

會不會有人告訴吉達他發生了什麼事情？也許終其一生她都不知道發生了什麼事？

勒利睡了個疲憊的睡眠。

「他在哪裡？」他的父親闖入屋裡咆哮地問道。

勒利又沒上班。他的父親比平常晚歸，晚餐都耽誤了，因為他一個人要做兩個人的事情。勒利趕快跑到母親的身後躲起來，把站著的她從凳子旁拽過來，擋在他和父親之間。她用手到身後去抓勒利，抓他的衣服，護著他，否則他的頭至少要挨上父親的一巴掌，他的父親沒有堅持拉開她去抓勒利。

「讓我來對付他，」他母親說：「吃完飯我會罰他。現在先坐下來吃飯。」

勒利的兄姐直翻白眼。這種事情他們見多了。

那天晚上勒利答應他母親，以後會盡力幫助他父親。但是幫爸做事真的很困難。勒利很怕到頭來像他爸爸一樣，未老先衰，每天累得顧不上誇他太太一句，告訴她她有多漂亮，花了整天煮出來的食物有多好吃。那可不是勒利想變成的人。

「妳最喜歡我，對不對，媽媽？」如果家裡只有他們兩個人，勒利就會這麼問她，他的母親會緊緊地摟著他說：「沒錯，親愛的，我最喜歡你。」如果他的哥哥或者姐姐也在，她就會說，「你們三個我都喜歡。」勒利從來沒聽過他的哥哥或者姐姐這麼問，也有可能當他不在家的時候，他們這麼問過。小時候他經常會對全家宣佈，等他長大了要跟母親結婚。他的父親會假裝沒聽見。他的兄姐會被激怒得跟他吵架，反駁說媽媽已經結婚。勸了架以後，媽媽會把他帶到一邊跟他解釋，有一天他會遇到一個值得他愛的人。他絕不願相信。

當他長成青少年時，每天他會跑回家，讓母親摟著他、歡迎他、感受她舒適的體溫、柔軟的皮膚、在他額頭的親吻。

「我能幫妳做什麼？」他問道。

「你真是個好孩子，將來你會是個好丈夫。」

「告訴我如何做個好丈夫。我不要像爸爸那樣，他不會逗妳歡笑，他不幫妳的忙。」

「你爸爸得努力賺錢養活我們。」

「我曉得，但是他可不可以兼顧，既賺錢養家，也讓妳歡笑？」

「小夥子，在你長大之前還有許多事等著你去學呢。」

「那麼就教教我吧。我要嫁給我的女孩子喜歡我，快樂地與我一起生活。」

勒利的母親坐下來，勒利則在她對面坐好。「首先你必須聽她傾訴，即使你很累，也絕不能累到不聽她跟你說話的地步。要知道她的喜好，更重要的是，她不喜歡什麼。

在可能的情況下，送她點小禮物——鮮花呀，巧克力呀。女人喜歡那些東西。」

「爸爸上次送妳禮物是什麼時候？」

「這無關緊要。你要關心的事是女孩子想要什麼，而不是我得到了什麼。」

「一旦我賺了錢，我會送花和巧克力給妳，我保證做到。」

「你應該把錢存起來，花在擄獲你心的女孩身上。」

「我如何知道她是誰？」

「啊，你會知道的。」

她把他摟進懷裡，輕撫他的頭髮：她的孩子，她的少年。

•

她的形象消失了——淚水模糊了畫面——他想像摟著吉達，輕撫她的頭髮。

「妳對了，媽媽，我知道了。」

•

賈科布來找他。他拖著他走過一條走廊，走進一間無窗的房間。從天花板上吊下一個電燈泡，手銬掛在後牆的鏈條上，一根橡木棍子躺在地上。兩個ＳＳ軍官在聊天，好像看不見勒利的存在。他拖步往後，眼睛看著地面。賈科布無預警地朝勒利的臉上揮了一拳，使他的背撞到牆上。這一下軍官警覺了。勒利企圖站直身子。賈科布把右腿往右甩。勒利預料即將踢來的一腳。就在賈科布的腳踢到他肋骨的一剎那，他往後退了一步，假裝痛得在地上打滾，抱胸蜷成一團。當他慢慢站起來，賈科布又往他臉上揮了一拳。雖然賈科布預先洩露了動機，這次他故意讓他打個正著。鮮血從他被打垮的鼻子湧出。賈科布把勒利從地上使勁拖了起來，用鏈子吊著的手銬銬住他。

賈科布撿起地上的橡木棍，把勒利背上的襯衣撕開，抽了他五下。然後扯下他的長褲和內褲，往他臀部又抽了五下。這回勒利的嚎叫不是假裝的。賈科布抓住勒利的頭猛然往後仰。

「把幫你偷東西的犯人名單給我！」賈科布堅決又凶狠地說道。

軍官們看著，漫不經心地站在那裡。

勒利搖搖頭，泣訴道：「我不知道。」賈科布又抽了勒利十下。鮮血從大腿上淌下來。這下子兩個軍官比較關心了，移步向前。賈科布猛力把勒利的頭仰起，咆哮地吼道：「說！」然後對他耳語道：「就說你不知道，之後就昏倒。」接著提高聲調說：

「把名單給我！」

「我從來沒問過！我不知道。你必須相信我——」

賈科布在勒利肚子上打了一拳。他痛得跪了下來，直翻白眼，然後假裝昏倒。賈科布轉身對著ＳＳ軍官。

「他是個軟弱的猶太人。假如他知道名單的話，早就告訴我們了。」他往勒利的大腿上踢了一腳。

軍官們點點頭走出房間。

關上門之後，賈科布急忙為勒利鬆綁，把他輕輕平放在地上。用一塊他預先藏著的布，幫勒利擦掉身上的血，又為他把褲子慢慢穿上。

「真對不起，勒利。」

他扶他站起來，把他抱到他的囚室，讓他趴著躺下。

「你的表現很好。你得這樣睡覺好一陣子。回頭我給你帶喝的水和一件乾淨襯衫。現在先好好休息。」

接著幾天賈科布每天都來照顧勒利，給他帶吃的喝的，隔天就給他換件襯衫。他告訴勒利受傷的程度，傷口正在癒合。勒利曉得他將終生留下印記，也許這就是做刺青師的報應。

「你抽打了我幾下？」勒利問道。

「不知道。」

「知道，你知道。」

「事情都過去了，勒利，你正在痊癒，別再提了。」

「你有沒有打碎我的鼻樑？我的呼吸有困難。」

「也許吧，但是不太嚴重，已經漸漸消腫了，鼻子幾乎沒變形，你仍然英俊，你仍然是女孩子追求的對象。」

「我不要女孩子追求我。」

「為什麼？」

「我已找到我要的。」

第二天房門打開了，勒利正準備歡迎賈科布的時候，卻看到兩個ＳＳ軍官站在那裡。他們示意勒利起身跟他們走。勒利坐著先讓自己鎮定下來。心想是不是就這麼一了百了了？是不是要被帶到黑牆前面了？他默默地跟家人道別，最後才輪到吉達。ＳＳ已經等得不耐煩了，走進他房間，用槍對著他。他跟著他們走出去，腿直打顫。他感覺到陽光照在他的臉上，這是一週多以來的第一次。他踉蹌地走在兩個軍官之間。他抬頭看了看，一心準備面對命運。他看見有些犯人被趕上一部卡車，心想也許還沒到結束生命的時候。他的雙腿發軟，走不動了。兩個軍官拖著他走完最後一小段路。他們扔他上車，他沒回頭看。他緊貼著卡車的側面，一路坐到比克瑙。

第二十章

勒利從卡車上被扶了下來，又被拉進豪斯泰克的辦公室。兩個ＳＳ軍官一人抓住他一隻手臂。

「我們什麼都沒問出來，即使那個大塊頭猶太人狠狠打了他一頓也沒用。」其中一人說。

豪斯泰克轉過頭對著勒利，勒利抬起頭來。

「所以說，你是真的不知道他們的名字囉？軍官們也沒有因此而殺了你？」

「沒有，長官。」

「現在他們又把你交給我處理。如今你又變成我的問題了。」

「是的，長官。」

豪斯泰克對軍官說話。

「把他帶到第三十一排房。」他轉頭對勒利說：「把你解決之前，我們要好好地利用你做些苦工，記住我說過的話。」

勒利被拖出辦公室。他盡力跟上SS軍官的步伐前進，但是在大院裡走了一半就跟不上了，只好讓石子地把腳皮磨掉一層。軍官們打開第三十一排房的大門，把他扔進去就走了。勒利躺在地上，身心俱疲。有幾個犯人謹慎地靠過來，有兩個人想扶他起來，結果勒利痛得大叫，他們只好作罷。其中一人掀起勒利的襯衣，看見了紅腫的背部和臀部。這回他們輕輕地扶他上床。不久他就睡著了

•

「我知道他是誰，」有個犯人說。

「誰？」另一個問道。

「是刺青師。你不認識他嗎？你的號碼可能就是他刺的。」

「沒錯，你對了。不知他得罪了誰？」

「我住在第六排房的時候，他給過我吃的。他經常發食物給大家。」

「我沒聽說，我只待過這裡。我到的那天得罪了某人。」兩人悄悄地笑了。

「他不能吃晚飯了。我把我那一份帶點回來給他。他明天會需要。」

過了一會，兩個人叫醒了勒利，每人手裡攥著一小塊麵包給他，他欣然接受了。

「我必須離開這裡。」

兩人聽了笑起來。

「當然，我的朋友。你有兩個選擇：一快一慢。」

「那是什麼？」

「哦，明天早上你可以把自己裝上運屍車。再不然你跟我們一起出去做苦工，直到累得不行，求他們殺了你。」

「我不喜歡這些選擇，我得另外想辦法。」

「祝你好運，我的朋友。現在你最好抓緊時間休息。明天將是漫長的一天，尤其是以你現在的情況來說。」

•

那天晚上，勒利夢見他離鄉背井。

第一次離開家的時候，他是個充滿希望的年輕人，為自己尋找未來。他想找一份合意的、有發展空間的工作。他將會得到豐富的經驗，到那些在書裡讀過的浪漫歐洲城市旅行：巴黎、羅馬、維也納。尤其是他要找到他的愛人，向她傾注無限的愛，以及母親說過的那些非常重要的東西：鮮花、巧克力、他的時間與關注。

第二次離開家的時候，充滿了不確定性和未知數，著實令他緊張。前面是什麼在等著他？

他離開家人之後，以沉痛的心情經歷了一場漫長的旅行，來到布拉格。他按照指示向政府有關部門報到，他們叫他在附近找個地方住下，每個禮拜報到一次，直到他們決定如何安排他為止。一個月之後，四月十六日，他們命令他帶著行李去當地一間學校報到。在那裡他和幾個來自斯洛伐克各地的年輕人住在一起。

勒利一向以注重外表自豪，居住環境不佳也不能阻止他以最佳狀況展現於人。每天他都到學校的洗手間洗乾淨他的衣服。他不知道他將被送到哪裡，但是他要非常確定，當他到達時，看上去是無可挑剔的。

他們在那裡閒待了五天，既無聊又害怕——絕大部分時間是無聊地度過——之後他們告訴勒利和其他人，收拾好私人用品，一起走到火車站，但沒告訴他們要去哪裡。一列運牲口的火車開進站，命令眾人上車。有些人抗議不肯上車，讓他們搭這麼髒的車有失尊嚴。勒利親眼看到他們得到的答覆，目睹自己的國人舉槍射殺不停抗議的猶太人。

他跟許多其他的猶太人一起上了車。當車廂被塞得毫無空隙了，勒利看著車門被砰地一聲關上，緊接著聽到斯洛伐克軍人插上門閂。他們本該是保護他的啊。

•

第二天早上，這兩個體貼的犯人扶著勒利走出住處，和他站在一起等候點名。勒利心想，**有多久我沒這樣跟大夥站在一起了？**號碼，號碼，倖存下來永遠和號碼有關。當你的號碼在工頭的名單上打了勾，表示你還活著。勒利的號碼是名單上最後一個，因為他剛到第三十一排房。第一次叫他的號碼他沒答應，旁邊的人頂了他一下，他才答應。喝下一杯又冷又淡的咖啡，再吃了一片不新鮮的麵包後，他們就朝工地走去。

在奧斯威辛和比克瑙之間的一片空地上，他們被責令把大石塊從這一頭搬到那一頭。搬完之後，再往回搬，周而復始。勒利想起他沿途走過這裡上百次，看過他們做這件事情。不，**我只是瞄一眼，我無法忍受看著這些人受罪**。他很快發現，ＳＳ把搬石塊最慢的那個人槍殺。

勒利必須盡全力搬石塊。他的肌肉痠痛，但是頭腦清醒。有一次他是倒數第二個完工的。工作一天之後，活著的人把屍體抬回營地。這事他們沒讓勒利去做，可是告訴他，僅此一天而已。明天他得奮力工作，如果他還活著的話。

當大夥徒步跋涉回到比克瑙，勒利看見巴雷特斯基站在大門裡邊。他看見勒利就跟他並排走。

「你的事情我聽說了。」

勒利看著他說：「巴雷特斯基，你可不可以幫我個忙？」由於他請求幫助，擺明他跟別人不一樣。他知道軍官的名字，並且求他幫忙。他明知與敵為友是很丟人的事，但是他別無選擇。

「也許吧……要幫什麼忙？」巴雷特斯基一副不自在的樣子。

「你可不可以帶個話給吉達？」

「你真的要她曉得你在哪兒？讓她覺得你已經死了會不會好些？」

「就告訴她我到底在哪兒——第三十一排房——並且叫她也告訴齊爾卡。」

「你要她的朋友也知道你在哪兒？」

「不錯，很重要，她會理解的。」

「嗯。高興的話我就幫這個忙。你是不是真的在床墊下藏了一堆鑽石？」

「他們有沒有提到那些紅寶石、翡翠、美鈔、英鎊和南非幣？」

巴雷特斯基搖搖頭，笑了，在勒利的背上使勁打了一巴掌就走了。

「齊爾卡。一定叫吉達告訴齊爾卡！」他對著他大叫。

巴雷特斯基向後揮揮手，示意別再囉嗦了。

●

巴雷特斯基走進女子集中營，她們排著隊正要去吃飯。齊爾卡看見他走過去跟工頭指指吉達，工頭對吉達招手示意要她過去。齊爾卡把戴娜拉到身邊，吉達則走過去會巴雷特斯基。她們聽不到他的話，只見他帶來的消息使吉達用手摀住她的臉。她轉身朝她的朋友跑過來，投入她們的懷抱。

「他還活著！勒利還活著，」她說：「他叫我告訴妳，齊爾卡，他在第三十一排房。」

「為什麼要告訴我？」

「不知道，但是巴雷特斯基說，勒利一定要我告訴妳。」

「她能做什麼？」戴娜問道。

齊爾卡別過頭去，極力想弄懂這件事。

「我不知道，」吉達說，沒心情分析這件事：「我只知道他還活著。」

「齊爾卡，快想想妳能做什麼？妳能幫什麼忙？」戴娜懇求道。

「讓我想想，」齊爾卡說。

「他還活著，我的愛人還活著，」吉達一再重複。

•

那天晚上，齊爾卡躺在希瓦茲忽伯的懷裡。她知道他還沒入睡。當她正要說話的時候，他把手抽了出來，話就被打斷了。

「你沒事吧？」她試探性地問道，很怕他詫異她會問這麼親密的問題。

「沒事。」

這是她從來沒聽過的溫柔語調，於是齊爾卡勇氣倍增，繼續追問：「我從來沒拒絕過你任何事，對不對？我也從來沒有向你提出過任何請求吧？」她試探性地說道。

「沒錯。」他回答道。

「我能不能求你一件事？」

•

勒利又熬過了第二天。他完成了他該做的，還幫忙抬了一具被謀殺的屍體回來。他痛恨自己只想到自己的痛苦，而不同情那死去的人。心想，**我是怎麼了？**每走一步，他的肩膀就更痛一點，幾乎拖垮他。他對自己說，**要堅持，要堅持**。

當他們走進營地，勒利的注意力就被站在籬笆外的兩個人給吸引了。這個籬笆把犯人住的地方和行政人員的住處隔開。苗條的齊爾卡站在希瓦茲忽伯身邊。站在勒利這邊的一個警衛正在跟他們談話。勒利停了下來，他抓著屍體的手突然鬆開，這害另一頭抬屍體的犯人失去平衡，摔了一跤。勒利看了一眼齊爾卡，她也端詳了他一下，就跟希瓦茲忽伯說了些什麼。他點點頭指指勒利。齊爾卡和希瓦茲忽伯走了，警衛則向勒利走來。

「你跟我來。」

勒利把屍體的兩條腿放到地上，這才第一次看到死者的臉。他又重拾憐憫心，對著又一個慘死的生命鞠躬致意。他對著另一頭抬屍者抱歉地望了一眼，匆匆地跟著警衛走了。第三十一排房所有其他犯人目送他離開。

警衛告訴勒利：「他們命令我帶你回到你從前在吉普賽人集中營住過的房間。」

「我知道怎麼走。」

「隨便你。」警衛就離他而去。

勒利在羅姆人集中營外停步，看著孩子們跑來跑去玩耍。有幾個孩子停下來看著他，想弄明白他怎麼就回來了。有人告訴他們刺青師已經死了。有個孩子跑過去抱著他的腰，緊緊地摟著他，歡迎他回「家」。其他孩子也走過來加入，不久大人們也從房裡走了出來歡迎他。「你去哪兒了？」他們問道：「你有沒有受傷？」對他們所有的問題，他一律避重就輕地回答。

納迪婭站在人群後面。他以眼神示意，擠過圍著他的男人、女人和小孩，停步在她面前。他用手指拭去她臉頰上的淚痕。「很高興見到妳，納迪婭。」

「我們想念你。我想你。」

此刻勒利能做的只是點點頭。他必須趕快逃走，不然就會失控，馬上痛哭流涕。他衝回房間，把門關上，與世隔絕，躺在久違了的床上。

第二十一章

「你確定你不是貓嗎？」

勒利聽到說話的聲音，奮力想弄清楚自己到底在哪裡。他張開眼睛，看見巴雷特斯基正低頭咧嘴對著他笑。

「你說什麼？」

「你一定是隻貓，因為比起這裡其他人，你多了好幾條命。」

勒利掙扎著坐起來。

「那是——」

「齊爾卡，沒錯，我知道。有身居高位的朋友一定很好。」

「我寧可把命給她而不需要有這種朋友。」

「你差一點就沒命了，倒不是因此你就可以幫上她。」

「不錯，那是個我無能為力的情況。」

巴雷特斯基笑了笑。「你真以為你在操縱這個集中營，是嗎？見鬼了，也許真是這麼回事。你仍然活著，你應該已經死了。你是怎麼活著離開第十一排房的？」

「我也不知道。當他們把我帶走，我想一定是把我帶到黑牆前面去，但是我卻被扔上一部卡車運到這裡。」

「我還從來沒聽說有人活著走出懲戒營的——幹得好。」巴雷特斯基說。

「我倒不介意這件史上留名的事。怎麼我又回到舊居了？」

「很簡單。這是為了配合你的工作。」

「什麼？」

「你是刺青師，我只能說，謝天謝地。接替你的那個太監比你差遠了。」

「豪斯泰克讓我恢復原職？」

「如果我是你的話，一定離他遠一點。他不想讓你回來，他要殺了你；是希瓦茲忽伯對你另有安排。」

「我至少得找點巧克力給齊爾卡。」

「刺青師，不行，你現在是被密切監視著的。走吧，我帶你去上班。」

他們離開房間時，勒利說：「對不起，我沒幫你弄到你要的尼龍絲襪，我都安排好了，沒想到出了岔子。」

「嗯，哎呀，至少你盡力了，不過她已經不是我的女朋友了，她把我甩了。」

「很抱歉聽到這個消息。希望不是因為我建議你跟她說的一些話。」

「我想不是。她認識了當地的一個人——見鬼了——是同一個國家的人——和她一樣。」

勒利本想再說幾句，結果決定還是算了。巴雷特斯基帶他走出戶外到了院子裡。那裡運來一卡車新犯人，正在進行甄選。里昂正在工作，笨手笨腳地把刺青工具掉在地上，還打翻了墨水。勒利看到了，內心偷笑。巴雷特斯基走開了，勒利走到里昂背後。

「需要幫忙嗎？」

里昂回過頭來。當他去抓勒利的手時，不小心又打翻了一瓶墨水，他使勁和勒利握手，喜不自勝。

「真高興看到你！」他叫道。

「相信我，回來真好。你好嗎？」

「仍然得坐著小解，除此之外，我還好。現在你回來就更好了。」

「那麼我們就開始工作吧。看樣子他們送了很多人過來。」

「吉達知道你回來了嗎？」

「我猜她知道，是她的朋友齊爾卡幫忙，我才能出來的。」

「就是那個……」

「對。明天我會想辦法見她們。給我一根針，我最好不要給他們任何藉口把我送回去。」

里昂遞了一根刺針給他，又為自己在勒利的公事包裡翻找另外一根針。他們一起工作，為新到達比克瑙的犯人刺編號。

•

第二天下午，勒利站在行政樓下面等女子們下班。戴娜和吉達走出來的時候，沒看見勒利，直到他站在她們跟前擋了道，她們才發現。好一會兒她們才有反應，兩人都用手臂緊緊地摟著他。戴娜哭了，吉達沒流淚。勒利鬆開她們，牽著她們的手。

「妳們兩人還是那麼美麗。」他跟她們說。

吉達用她另一隻手打了一下他的手臂。

「我還以為你死了，第二次死了。我以為再也見不到你了。」

「我也是。」戴娜說。

「但是我沒死。謝謝妳，也謝謝齊爾卡，我沒死。現在我跟妳們倆在一起，在我應該待的地方。」

「但是……」吉達哭道。

勒利把她拉過來摟緊。

戴娜在他臉頰上親了一下。「我不打擾你們了。勒利，看見你真好。我想如果你不趕快回來的話，吉達會傷心欲絕地死去。」

「謝謝妳，戴娜，」勒利說：「妳真是我們兩個的好朋友。」

她面帶微笑地離開。

幾百個犯人在院子裡亂轉，他們兩個不知道該做什麼。

「閉上妳的眼睛。」勒利說。

「什麼？」

「閉上眼睛數到十。」

「但是——」

「聽我的。」

吉達照辦了，陸續地閉上雙眼，數到十，然後張開眼睛。「我不明白。」

「我仍然在這裡，再也不會離開妳了。」

「來吧，我們得繼續走動。」她跟他說。

他們往女子營地走去。如今已沒東西賄賂工頭了，勒利不能再讓吉達遲到。他們輕輕地依偎著。

「我不知道我還能撐多久。」

「不會永遠這樣的，親愛的。只要堅持下去，我求妳堅持下去。將來我們會共度餘生的。」

「但是——」

「沒有但是。我向妳保證，我們會離開這裡一起生活。」

「怎麼可能？連明天如何我們都不知道。就看看剛發生在你身上的事情吧。」

「現在我和妳在一起，不是嗎？」

「勒利——」

「不要再說了，吉達。」

「能不能告訴我你出了什麼事？你去哪兒了？」

勒利搖搖頭說：「不能。如今我又回到了妳的身邊。重要的是，我告訴過妳很多次，我們會離開這裡一起自由地生活。相信我，吉達。」

「我願意相信你。」

勒利聽了很高興。

「有那麼一天，在不同的情況下，當我們被拉比、家人和朋友環繞著，妳會再說出那幾個字。」

吉達咯咯地笑了。他們一起走到女子營地門口，她把頭靠在他的肩膀上。

•

當勒利走回他住處時，有兩個年輕人走過來和他並肩而行。

「你是刺青師嗎？」

「你是誰？」

「我們聽說你可以提供額外的食物。」

「無論是誰告訴你們的，都不正確。」

「我們可以。」其中一人說，並打開了他緊握的拳，讓他看到一顆很完美的小鑽石。

勒利咬緊牙關。

「來吧，拿走吧。如果你能提供任何東西，我們都會很感激的，先生。」

「你們住第幾排房？」

「九。」

勒利心想，貓有幾條命？

•

第二天早上，勒利待在大門口，手裡拿著公事包，有兩回SS走過來看他。

「政治部。」兩次他都這麼說，就沒事了。但是他沒有以前那麼放心。維克托和尤利離開了走進大門的人群，過來和勒利熱情地打招呼。

「我們能不能問你到哪兒去了？」

「最好別問。」勒利回答道。

「你又能重新跟我們交易了？」

「不能像以前那樣，規模較小，可以嗎？只要一點額外的食物，如果可能的話。不需要尼龍絲襪了。」

「當然可以。歡迎你回來，」維克托滿懷熱情地說。

勒利伸出他的手，維克托握了一下，鑽石就易手了。

「這是訂金。明天見嗎？」

「明天見。」

尤利看著他。「再見到你真好。」他輕聲說道。

「我也是，尤利。你長高了嗎？」

「是的，我猜我長高了。」

「對了，」勒利說：「你不會碰巧有巧克力帶在身上吧？我非常需要和我的女朋友共度些時光。」

尤利從他的包裡拿出一塊給勒利，還對他眨眼示意。

勒利即刻走向女子營地和第二十九排房。工頭仍如常站在老地方曬太陽，她看著勒利走近。

「刺青師，很高興再見到你。」她說。

「妳體重減輕了嗎？妳看起來很不錯。」勒利不無諷刺地說道。

「有好一陣子沒見到你了。」

「我現在回來了。」他把巧克力遞給她。

「我幫你把她找來。」

他看著她到了行政樓，跟一個女ＳＳ軍官講了幾句話。他則走進屋子裡坐下，等吉達走進門來。沒等多久她就來了。她關上房門走到他跟前。他靠著床柱站著。他擔心他要說的話會難以出口，於是擺出一副壓抑的面孔。

「我們隨時隨地想做愛就做愛。我們可能不自由，但是我選擇了現在和這裡，妳覺得呢？」

她整個人投入他的懷抱裡，以親吻覆蓋了他整張臉。他們正要寬衣解帶的時候，勒利突然停下來抓住吉達的手。

「你問過我，怎麼不見了，哪兒去了，我沒說，記得嗎？」

「記得。」

「唉，我還是不想提那件事，但是有些事情是瞞不了妳的。妳別被嚇到，現在我已經沒事了，不過我確實被痛打過。」

「讓我瞧瞧。」

勒利慢慢地脫下襯衫，轉身背對著她。她靜默地以手指輕輕撫摸他背上紅腫的疤痕。緊接著的是輕吻的唇，他知道不必再多說什麼了。他們的性愛緩慢且溫柔，他強忍住溢滿眼眶的淚水，這是他有生以來感受到最深的愛。

第二十二章

勒利和吉達度過了一個漫長炎熱的夏天，不在一起的時候，也總想著她。他的工作量並未減輕，反而逐日增加了：每星期都有好幾千個匈牙利來的猶太人到達奧斯威辛和比克瑙，因此在男子和女子營地都爆發了騷亂。勒利找出了原因，手臂上的號碼愈大的人愈被看不起。每一次大批不同國籍的人到達，就會引發地盤爭奪戰。吉達告訴過他，在女子集中營裡發生的事。在那裡待得最久的斯洛伐克女子不喜歡匈牙利女子，拒絕讓她們得到相同的特殊待遇，那可是前者奮力爭取才得到的。她和她的朋友覺得，她們能活下來得到這些，可不輕易。譬如說，在加拿大的犯人可以穿便服而不必再穿藍白條紋的睡衣，她們並不願意跟別人分享。一旦發生了打鬥，SS是不選邊站的；一視同仁懲罰雙方當事人，毫不留情。本來就少得可憐的食物也停止供應，還可能受鞭笞棒打：有時候是挨上一槍托，或者被手杖抽一下，也可能是獄友們被強迫目睹一場殘暴的毒打。

吉達和戴娜一向不介入任何打鬥。吉達需要處理的事情已經夠多了，像她在行政樓的工作，與看似受到特別保護的齊爾卡的友誼，當然，還有她那個刺青師男朋友的造訪，在在都令小心眼的人嫉妒。

勒利基本上不受集中營裡糾紛的影響。他跟里昂還有其他幾個犯人，一起幫ＳＳ工作，使他擺脫了千千萬萬飢餓的人的困境。這些人必須一起工作、打鬥、生死與共。跟羅姆人一起生活給了他一份安全與歸屬感。他意識到他已為他的生活安排了一個模式，比起絕大多數的人是較舒服的。他必須工作時就工作，總是設法與吉達私會，跟羅姆人小孩一起玩，和他們的父母聊天——通常是些年輕男子，但也有老婦人。他們不僅是照顧親人，也照顧彼此，這使他覺得溫馨。他不太能跟年長的男人交流，他們多半時候閒坐著，不理小孩、年輕人、甚至老婦人。他看見他們時，往往令他想起他的父親。

●

有一天深夜，勒利被ＳＳ的吼叫聲和狗吠聲給驚醒了，夾雜著女人和孩子的尖叫聲。他打開門，眼見他那排房的男女老幼被強迫押離他們的住處。他一直佇足看到最後一個懷抱嬰兒的婦女被粗暴地推進黑夜裡。他跟隨他們出去，站在那裡，發現附近羅姆人的住處也被一一騰空，他驚呆了。幾千人被趕上附近的卡車。大院裡的房屋被照亮，幾十個SS和他們的惡犬圍驅眾人上車，並槍殺沒馬上聽指令的人，「上卡車！」

勒利叫住一個他認識的軍官問道：「卡車要把他們運去哪裡？」

「你要加入他們嗎，刺青師？」那人回了一句就走了。

勒利跌坐在陰影中，掃視跑過的眾人。他看見了納迪婭，連忙跑過去叫她。「納迪婭，」他懇求她：「別走。」

她擠出一個勇敢的笑容。「勒利，我別無選擇。我的同胞去哪兒我就去哪兒。再見了，我的朋友，我們曾經……」話沒說完她就被一個軍官推走了。

勒利愣在那裡動彈不得，一直看到最後一個人被趕上卡車。卡車開走了，他慢慢走回靜得令人發怵的住處。他躺上床，這將是無眠的一夜。

•

第二天早上，勒利心煩意亂地和里昂一起瘋狂工作，因為來了一大批新犯人。

孟格勒在審視默默排隊的人，慢慢地往刺青站走過來。里昂看見他走近兩手直抖，勒利用眼神示意讓他放心，但是這個傷害他致殘的雜種近在咫尺。孟格勒停下來看他們工作，偶爾會趨前仔細看一個刺了的號碼，這就令勒利和里昂異常焦慮。他那要命的黜笑永遠掛在臉上。他試圖以眼神與勒利接觸，勒利的目光則一直保持在刺青的手臂高度。

「刺青師，刺青師，」孟格勒靠著桌子說：「也許今天我要把你帶走。」他歪著頭，似乎陶醉於勒利的不安中。他戲弄夠了之後，就漫步離開了。

有東西飄落在勒利的頭頂上。他抬頭一看，骨灰正從附近火葬場的煙囪裡噴出來。他開始顫抖，不小心把刺青工具掉在地上。里昂試圖穩住他。

「勒利，怎麼了？怎麼回事啊？」

勒利的尖叫被他的嗚咽聲噎住了。「你們這些雜種，你們這些狗日的雜種！」

里昂緊抓勒利的手臂，試圖要他克制，因為孟格勒往他們這邊張望，還走了過來。勒利氣紅了眼，他失控了，想到納迪婭。當孟格勒走到跟前，勒利拚命控制自己的情緒，他覺得他快要吐了。

孟格勒湊近他的臉說：「一切都好吧？」

「是的，醫生先生，一切都好。」里昂提心吊膽地說。

里昂彎腰撿起勒利的刺青針。

「只是一根斷了的針。我們會趕快修好它，恢復工作。」里昂繼續說。

「你看起來不太好，刺青師。需要讓我看看你嗎？」孟格勒問道。

「我沒事，只是斷了一根針。」勒利咳了一聲。他仍低著頭，轉過身，準備繼續工作。

「刺青師！」孟格勒大吼道。

勒利轉過身對著孟格勒，咬緊牙關，依然低著頭。孟格勒從槍套裡拔出手槍，拿在身旁輕握著。

「憑你轉身背對我，我就該殺了你。」他舉起槍，對準勒利的前額。「看著我，我現在就能殺了你，你有什麼意見？」

勒利抬起頭來，眼睛看著醫生的前額，不看他的眼睛。「是的，醫生先生。對不起，下次不會了，醫生先生。」他低聲道。

「繼續工作，你耽誤工作了。」孟格勒大吼道，再度離開。勒利看著里昂，指著散落他們四周的骨灰。

「昨晚他們清空了吉普賽人的營地。」

里昂把勒利的刺青針遞給他，默默地繼續工作。勒利仰望天空，想找一線能照到他的陽光，但是被濃煙和骨灰擋住了。

那天晚上，他回到他的住處，如今這裡住的是他和里昂剛剛刺過青的人。他把自己關在房間裡，不跟任何人交朋友。今夜不要，永遠不要，在這裡他只要寂靜。

第二十三章

好幾個星期以來，勒利和吉達都沉默無言地共度時光。她想盡辦法撫慰他，可是徒勞無功。他告訴了她所發生的事，她瞭解他為何悲傷，她也難過，但是程度不同。她沒機會去認識勒利的「另外那些家人」，這不能怪她。她很喜歡聽他說和孩子玩的事情，在沒有玩具的情況下，就用雪做個球來踢，或者踢踢廢棄物，看看誰能跳得最高，跳到可以碰到房子上的橫木，多半時間是在玩捉迷藏。她想方設法讓他說些有關他原生家庭的事，但是勒利很堅持，她不說她家的事，那他也不說他的。吉達不知如何衝破勒利悲傷的陰霾。兩年半以來，他們承受了人類最惡劣的經驗。但是她從來沒有見過勒利如此沮喪。「那麼那些成千上萬的同胞又該怎麼說呢？」有一天她對他大喊：「你在奧斯威辛孟格勒那裡看到的那些呢？你知道這兩個集中營已處理過多少人？你知道嗎？」勒利沒有回應她的問話。「我看過許許多多卡片上的名字和年齡——有嬰兒，祖父母——我見過他們的名字和號碼，多到我都數不過來了。」

勒利不需要吉達提醒他兩個集中營曾經處理過多少人。他親自在他們皮膚上刺過號碼。他看著她；她則低頭看著地面。他意識到這些對他而言只是一串串號碼的人，吉達卻是知道他們名字的。她的工作意味著對於這些人，她知道的比他多。她知道他們的名字和年齡，他意識到這些認知將永遠地折磨她。

「對不起，妳說的沒錯，」他說：「任何死亡都是不應該的。我會盡量不沮喪。」

「我要真正的你和我在一起，可是你這個樣子太久了，勒利，對我們而言，這樣的一天是很漫長的。」

「他們聰明又美麗。我永遠忘不了他們，妳知道嗎？」

「如果你忘了他們，我是不會愛你的。他們是你的家人，我明白。我這麼說有點奇怪，你活下去是對他們的敬意，活下來，才能告訴世人這裡發生過的一切。」

勒利湊過去親吻她，心中充滿了愛和悲傷。

巨大的爆炸聲響起，震得他們腳下的地面直晃。他們從經常待的行政樓後面跳起身來，衝到樓房前面。第二次爆炸聲引得他們望向附近的火葬場，濃煙沖天，一片混亂。做工的犯人從裡面衝了出來，大多數朝著環繞營地四周的籬笆跑。槍聲自火葬場的頂部響起。勒利抬頭看見上面的犯人特遣隊正在瘋狂掃射，ＳＳ以重機槍還擊。過了幾分鐘，槍擊就結束了。

「出什麼事了？」吉達問。

「不知道，我們得到室內去。」

子彈打在他們四周的地上，ＳＳ見人就殺。勒利拉著吉達緊貼著牆。又傳來一陣爆炸聲。

「聲音來自第四號火葬場——有人把它炸了。我們必須離開這裡。」

犯人從行政樓跑了出來，馬上就被槍殺了。

「我得送妳回妳的住處，那是妳唯一安全的地方。」

通過擴音器有如下廣播：「所有犯人，回到你們的住處。如果你們現在行動，將不會被射殺。」

「快走。」

「我害怕，帶我跟你一起走。」她哭道。

「今晚妳待在自己的住處會比較安全，他們一定會點名的。親愛的，妳不能在妳的住房外被抓到。」

她遲疑了一下。

「快去吧。今夜就待在住處，明天如常上班。妳不能給他們任何找妳的理由。明天妳必須如常起床。」

她深深地吸了口氣，就轉身跑了。

臨別時，勒利說：「明天我會來找妳，我愛妳。」

•

那天晚上勒利破例加入同住處的男人，大部分是匈牙利人，向他們打聽下午到底出了什麼事。似乎在附近彈藥廠工作的一些女犯人，偷偷把少量的火藥塞進指甲裡，帶回比克瑙。她們把火藥交給犯人特遣隊，他們則用沙丁魚罐頭盒製造簡陋的手榴彈。他們一直在儲備各種武器，包括輕型槍枝、刀和斧頭。

和勒利同住的人還告訴了勒利一則謠言，有關一場大規模的起義，他們很想參加，但不相信會在當天發生。他們聽說俄國人已向這裡推進，起義計畫是為了配合他們的到來，幫他們解放集中營。勒利非常自責沒有早點跟同住的人交朋友。沒有得到這個消息差點害死了吉達。他巨細靡遺地問這些人有關俄國人的事情，可能什麼時候會到這裡。他得到含糊不清的回答，但已足夠激發他一絲樂觀情緒。

自從上回美國飛機從空中飛過，已有好幾個月了。犯人不斷地被送過來。勒利沒看見納粹屠殺猶太人和其他人種的機制有任何削減的跡象。儘管如此，這些新到的人擁有與外界聯繫的最新訊息，也許解放就要來了。他決定把這些最近聽到的消息告訴吉達，要她上班時提高警覺，盡可能收集任何消息。

終於有了一線希望。

第二十四章

這年秋天很冷，死了很多人。勒利和吉達抱著一線希望撐著。吉達跟她的室友說了有關俄國人的謠傳，鼓勵她們要活著走出奧斯威辛。一九四五年年初，氣溫直線下降。吉達無能阻止低落的士氣，從加拿大得到的保暖大衣也抵禦不了酷寒和恐懼，她們還得在這被世人遺忘的奧斯威辛—比克瑙再度過一年。運來的犯人減少了。這對那些幫ＳＳ工作的犯人，尤其是特遣隊，造成了反常的效應。工作減少便意味他們有可能被處決。勒利的情況是，他有一些儲備物資，可是新貨幣的供應嚴重短缺。當地居民，包括維克托和尤利在內，已不再來上班了，營造工作也已停止進行。勒利聽到一則好消息，那兩棟被反抗份子炸燬的火葬場將不復建。有別於勒利的記憶，首度離開比克瑙的犯人比運來的多。吉達和她的同事輪流處理調離者的資料，應該是被運去了別的集中營吧。

當勒利得知里昂「不見了」是在地面積雪很厚的元月下旬。當時他和巴雷特斯基一道走著，他問他知不知道里昂哪兒去了。巴雷特斯基沒告訴他，還警告勒利，說不定有一天他也會從比克瑙被運走。但是勒利仍然可以做到沒人注意他的存在，他不必參加早晚兩次的點名。他希望這樣可以使得他留在集中營裡，但是他沒有信心吉達也可以留下來。巴雷特斯基照常掛著他那陰險的笑。里昂可能死了的消息挑起了勒利未察覺的、仍然隱藏在內心裡的傷痛。

「你的鏡中映照出你的世界，但是我有另外一面鏡子。」勒利說。

巴雷特斯基停住步伐，看著勒利，勒利緊盯不動。

「我檢視了我的，」勒利說：「我看見一個世界，會把你的摧毀。」

巴雷特斯基笑了。「你認為你能活著看見它發生嗎？」

「對，我能。」

巴雷特斯基把手放在槍套上說：「我現在就可以粉碎你那面鏡子。」

「你不會那麼做。」

「你在寒冷的外面待太久了，刺青師。找個地方暖一暖，恢復你的理智吧。」巴雷特斯基離開了。

勒利看著他離開。他知道，如果在一個黑夜，在平等的條件下相遇，走開的人將是他。殺死此人勒利不會覺得不安，他才是作結論的人。

●

一月下旬的一天早晨，吉達在雪地裡跌跌撞撞地往勒利的住處走去。這是他警告過她絕對不可以來的地方。

「出事了。」她叫道。

「什麼意思？」

「SS，他們行動反常，看起來很驚慌。」

「戴娜在哪裡？」勒利關切地問道。

「我不知道。」

「去找她，回到妳的住處，待在那兒直到我來找妳。」

「我要跟你在一起。」

他把她從身邊拉開，保持手臂長短的距離。

「快點，吉達，去找戴娜，然後回妳的住處。我會盡快來找妳。我得知道發生了什麼事情，已經有好幾個星期沒有新犯人了，這可能是要結束的徵兆。」

她轉身不情不願地離開了勒利。

他到了行政樓，小心謹慎地走了進去，由於經年累月地來領取材料和指令，他對此處已很熟悉。辦公室裡一片混亂，ＳＳ對受了驚嚇的工作人員大吼大叫，她們縮身坐在座位上，ＳＳ則從她們的辦公桌上抽走書本、卡片、公文。有個ＳＳ工作人員匆忙地走過勒利身邊，手上拿著許多文件和登記簿。他不小心撞了她一下，她手上的東西撒落滿地。

「對不起，哎呀，讓我幫妳撿起來。」

他們兩人同時彎腰去撿地上的文件。

「妳沒事吧？」他盡可能溫和地對她說。

「我猜你要失業了，刺青師。」

「為什麼？出什麼事了？」

她湊近勒利，低聲地對他說。

「我們將清空集中營，明天開始。」

勒利的心跳加速。「妳能不能告訴我些什麼？求求妳。」

「俄國人，他們快到了。」

勒利急忙從行政樓跑到女子營地。第二十九排房大門是關著的，屋外沒有看門的。走進去後，勒利看見女子們全都擠在房間後面，連齊爾卡也在。她們圍住他，很害怕，也有很多問題。

「我能夠告訴妳們的是，ＳＳ正在銷毀記錄，」勒利說：「有人告訴我，俄國人快到了。」他沒告訴她們集中營明天會被清空的消息，如果她們發現他也不知道犯人將被送往何處，她們就會更驚慌了。

「你覺得ＳＳ會怎麼處理我們？」戴娜問道。

「我不知道。希望他們急忙逃走，讓俄國人來解放集中營。我會多打聽一些消息，回頭再來告訴妳們。不要離開住處，外面一定有很多亂開槍的警衛。」

他握著戴娜的雙手說：「戴娜，我不知道會發生什麼事，但我要利用現在這個機會告訴妳，我多麼感激吉達有妳這個朋友。我知道有好多次都是妳讓吉達堅持，不要放棄。」

他們互相擁抱。勒利親了一下她的額頭，再把她交給吉達。他轉過身對著齊爾卡和伊凡娜，緊緊地擁抱她們倆。

他對齊爾卡說：「妳是我見過最勇敢的人，妳不要對在這裡發生的一切有任何負疚感。妳是無辜的——要記住。」

她抽泣地回答道：「為了活下去，我做了必須做的事情。如果不是我，就會是別人被那隻豬玀虐待。」

「我的命是妳救的，齊爾卡，我永遠不會忘記。」

他轉過身面對吉達。

「什麼都別說了，」她說：「一句話都不要說。」

「吉達——」

「不要說。除了明天見，你什麼都別說。我只要聽你說這句話。」

勒利環視這幾個年輕女子，意識到已沒什麼可說的了。她們被帶到這裡的時候是女孩子，而如今——沒有一個滿二十一歲——她們已是損碎傷殘的女人。他知道她們不會成長為原本該是的女性。她們的未來已脫序了，已不可能重回原軌。她們曾經想像自己要成為某種女兒、姐妹、妻子、母親、某種員工、遊客和愛人。這些都被她們目睹的和所經歷的給摧毀了。

他離開她們去找巴雷特斯基，打聽有關明天的消息。他找遍了所有地方也沒找到他。勒利拖著沉重的步伐重回住處，遇到一群忐忑不安的匈牙利人。他把所知道的消息告訴他們，但是沒有用。

當天晚上，ＳＳ軍官走進女子營地的每一間房子，在她們每件大衣的背上刷了一道鮮紅的斜線。這些婦女再度被畫上記號，去面對未知的命運。吉達、戴娜、齊爾卡和伊凡娜因為被畫了相同的斜線，反倒覺得心安。無論明天發生什麼事，她們的命運都將一樣——同生共死。

•

那天晚上不知何時，勒利終於睡著了。突然他被一陣騷動驚醒。過了好一陣子噪音才滲進他昏沉的腦子裡。羅姆人被全部抓走的記憶又湧上腦際。勒利心想，**這又是什麼新的恐怖事件？**幾發響亮的槍聲嚇得他全醒了。穿上鞋，又披了一條毯子在背上，他謹慎地走到戶外。幾千個女犯人被成排地驅趕。很明顯的，場面一片混亂，似乎警衛和女犯人們都不清楚何去何從。ＳＳ沒理睬勒利。他趕忙在女子隊伍前面從頭到尾地走了一遍。女子們因為又冷又害怕都聚在一起，雪一直下，要逃走是不可能的了。勒利看見一隻狗咬了一個女人的大腿，把她拖倒在地上。她的一個女性朋友扶她站起來。結果牽著狗的ＳＳ軍官拔出手槍，把倒地的女子槍殺了。

勒利繼續趕快找，一排一排房地拚命看，他終於看到她了。吉達和她的朋友被推向大門口，她們緊緊抓住彼此。可是他沒看見齊爾卡跟她們在一起，別處也不見她。他的注意力重新回到吉達身上。他看見她低著頭，肩膀一聳一聳，像是在抽泣。他心想，她終於哭了，但我卻不能安慰她。戴娜看見了他，她把吉達拉到隊伍的外邊，指了指勒利給她看。吉達終於抬頭看見他了。他們望著彼此，她濕潤的眼眶在哀求，他的則充滿了憂傷。他全部注意力都放在吉達身上，沒看見他身旁的ＳＳ軍官。結果沒能躲開揮向他的槍托打在他的臉上，撞得他跪倒在地。吉達和戴娜都嚇得叫了起來。她們想衝出人群，但是徒勞無功。她們被人群推著向前走。勒利掙扎著站起來，鮮血從他右眼上的傷口湧出。他瘋狂地擠進移動的人群，在一排排焦慮的女人群中尋找。接近大門口的時候，他看見了她——只有一臂之遙。有一個警衛走過來，用槍口頂住勒利的胸腔。

「吉達！」他大叫。

勒利覺得天旋地轉。他抬頭看天，天快亮了，可是感覺天快黑了。在一片警衛的喊叫聲和狗吠聲中，他聽到了她。

「弗曼。我的名字是吉達・弗曼。」

在一個無動於衷的警衛面前，他跪了下來，大叫道：「我愛妳。」沒有回音，勒利繼續跪著。警衛走開了，女人的哭泣聲停止了，狗也不叫了。比克瑙的大門都關上了。勒利跪在雪地裡，雪愈下愈大。從他額上的傷口溢出的鮮血淌滿一臉。他獨自被關在裡面，他失敗了。一個軍官走過來，「你會凍死的，起來吧，回到你住的地方。」

他伸出一隻手拉起勒利。這是敵人在最後時刻的善舉。

•

第二天早上，勒利被大砲的轟鳴聲和爆炸聲給驚醒了。他和一群匈牙利人衝出房間，映入眼簾的是一群驚惶失措的ＳＳ和亂了套的犯人與獄卒，他們似乎無視於彼此的存在。

大門是敞開的。

數以百計的犯人從大門走出去，沒人管。他們因為營養不良而神智不清和虛弱。有人跌跌撞撞地在附近走了一陣子又走回住處，因為太冷了。勒利走出大門，由於從前要從這裡走到奧斯威辛去工作，這個大門他已走過幾百次了。有一列火車等在附近，黑煙衝天，蓄勢待發。警衛和狗開始趕人上車。勒利跟著擁擠的人群被迫爬上了車。車門砰地被關上了。他擠到邊上往外看，成百上千的犯人依然漫無目的地走來走去。當火車離站時，他看見ＳＳ開槍把沒走的人都殺了。

他站著從車廂板條的空隙看出去，比克瑙消失在無情的大雪中。

第二十五章

吉達和她的朋友跟幾千個來自比克瑙的女人一起跋涉，走在一條窄道上，雪沒足踝。吉達和戴娜盡最大努力在隊伍裡搜尋她們的女性同伴，也深知一脫隊就會吃子彈。她們問了幾百回相同的問題：「妳見過齊爾卡嗎？有沒有看到伊凡娜？」答案總是一樣。她們大夥牽著手走，彼此支撐。她們不定點地被告知停下來，歇一會兒。不管多冷，她們都坐在雪地上，好讓腿腳稍事休息。命令繼續走的時候，許多人都沒動：有的死了，有的快死了，再也走不動了。

她們從白天走到晚上，一直往前走。人數愈來愈少，也就是說，更不容易逃避SS虎視眈眈的眼睛了。在夜裡戴娜跪了下來，她實在走不動了。吉達也停了下來，她們沒有立刻被發現，因為被別的女人擋住了。戴娜一直叫吉達繼續走，別管她了，吉達不肯，她寧願和她的朋友一起死在曠野裡。有四個女孩子提議扶著戴娜一起走，卻被戴娜拒絕了，她要她們把吉達帶走。有個ＳＳ軍官走過來，四個女孩拉起吉達，拽著她走。吉達回頭看那個軍官，他停步在戴娜身旁，看了一眼就往前走了，沒有拔槍。沒有槍聲，顯然他以為她已經死了。女孩們繼續拖著吉達走，她一直想掙脫她們回到戴娜身邊，但女孩們不讓她回去。

在一片漆黑中女人們跌跌撞撞地前行，沒人再注意突發的槍聲，也沒人再回頭看誰倒了下來。

天亮了，她們停步在田野裡的一條火車軌道之前。一個火車頭和一列列運牲口的車廂等著她們。吉達心想，**他們把我帶到這裡，如今又將把我帶走**。

她發現跟她一起跋涉的四個女孩是波蘭人，不是猶太人。她們不知道為什麼從家中被抓。她們來自四個不同的城鄉，在比克瑙之前，她們彼此並不認識。

穿過田野有一棟孤零零的房子，房子後面是一片密林。ＳＳ大聲喊叫，發號施令。火車頭正在填足煤，以備升火待發。波蘭女子轉身對著吉達，其中一人說：「我們要往那棟房子跑，如果被槍打中，我們就死在這裡，我們不再往前走了，妳要不要跟我們一起跑？」

吉達站了起來。

這些女孩一開跑就沒回頭看。把好幾千個疲累的女人裝上火車已佔據了警衛們所有的注意力。在她們抵達房子之前，就有人把大門打開了。一進屋她們就癱倒在一團熊熊烈火之前，激動的情緒和解脫感溢滿全身。熱飲和麵包遞到她們手裡。波蘭女子們爭先恐後地跟屋主訴說她們的經歷，屋主難以置信地直搖頭。吉達一直沒出聲，她不要讓她的口音洩露了她不是波蘭人的事實。最好讓她們的拯救者覺得她是他們的一份子——一個不愛說話的人。男主人說她們不能久待，因為德國人常來這裡搜捕。他叫她們把外套脫掉，他拿了外套到屋後。他再回屋時，紅色的那道斜線不見了，外套上有一股汽油味。

她們聽到外面槍聲不斷。她們從窗簾往外望去，看到活著的女人終於全部上了火車，鐵軌旁的雪地上躺著許多屍體。男主人把住在鄰村的親戚住址給了她們，還給了她們麵包和毯子。她們出了門走進樹林，在冰冷的地上過夜，聚攏在一起也暖不起來。枯樹沒能提供屏障，阻擋視線或禦寒都不能。

•

她們到達鄰村時已是黃昏了。太陽下了山，路燈不太亮，她們找不著地址上的房子，只好問路人。遇到一個好心的女人，親自把她們帶到那間屋子。她們敲門的時候，她還陪著等門。

「好好照顧她們。」門打開後她這麼說，說完就走了。

她們走進屋子時，應門的女子讓到一邊。關上門後，她們告訴她是誰叫她們來的。

「妳們知道剛剛那個人是誰嗎？」女子結結巴巴地問。

「不知道。」其中一個女孩說道。

「她是ＳＳ，還是個高階軍官。」

「妳覺得她知道我們是什麼人嗎？」

「她一點都不笨，我聽說她是集中營裡最殘酷的人。」

一位老婦人從廚房走了出來。

「媽媽，我們有客人來了，這些可憐的人曾經在集中營待過，我們一定要餵她們吃點熱食。」

老婦連忙把她們帶進廚房，圍桌而坐。吉達已不記得上次坐在廚房桌旁是什麼時候的事了。老婦從爐子上舀了熱湯給她們喝，又問了她們許多問題。屋主們覺得她們待在這裡不安全，他們怕那個ＳＳ軍官會通報她們的行蹤。

老婦人跟她們說了聲對不起，就走出了房子。不久她領來一個鄰居，她的房子有屋頂空間和地窖。她同意讓這五個女孩子睡在屋頂空間，暖氣從壁爐上升，會比地窖暖和。白天不可以待在屋子裡，因為德國人會突擊檢查，雖然他們似乎正在撤退。

吉達和那四個波蘭朋友每晚睡在屋頂空間，白天則躲在附近的樹林裡。消息在小村裡傳開，當地的神父發動教友每天送食物到屋主那兒。幾個星期之後，殘餘的德國人被俄國先遣部隊給趕跑了，一部分人在吉達和她朋友睡覺的對面房子住了下來。一天早上女孩子們離屋去樹林的時間比往常晚了一點，她們被門口站崗的俄國兵叫住。她們讓他看了刺青號碼，跟他說她們從哪兒來，如何到了這裡。聽了之後，他很同情她們的遭遇，主動提議在她們的住處加派衛兵。這就意味她們白天不必躲在樹林裡了。她們在這裡住不再是個秘密，每天出來進去都跟衛兵招手，微笑打招呼。

有一天，有個士兵直接問吉達一個問題，她一回答他馬上就知道她不是波蘭人。她告訴他她來自斯洛伐克。那天晚上，他敲門介紹她認識一個年輕人，穿著俄軍制服的斯洛伐克人。他們二人交談到深夜。

女孩子們晚上在爐邊烤火愈待愈晚，愈來愈大膽放鬆了。有天晚上，前門突然被撞開，一個喝醉了的俄國人踉蹌地衝進門來，她們猝不及防。女孩們看見「守衛」昏倒在戶外地上。這個不速之客揮舞著他的手槍，隨便挑了一個女孩，要脫掉她的衣服，同時他也脫下了長褲。吉達和其他女孩尖叫不已。好幾個俄國兵衝了進來，看見他們的戰友壓在一個女孩的身上，其中一人拔出手槍，往他頭上開了一槍。他和他的同伴把這個強姦未遂者拖了出去，一邊不停地道歉。

驚魂甫定的女孩們覺得該離開這兒了。其中一人有個姐姐住在克拉科夫，也許她還住那兒。為了進一步對昨晚的不幸事件致歉，一位高階俄國軍官為她們安排了一個司機和一輛小卡車，送她們去克拉科夫。

•

她們找到了那位姐姐，仍然住在原處，一間在食品雜貨店樓上的小公寓。屋子裡擠滿了人，有的是逃離市區的朋友，如今又回來了，無家可歸，身無分文。為了勉強維持生活，他們每天到一個市場去，每人負責偷一種食物，拿回來做晚飯。

有一天在市場，吉達聽到有人在用她的母語說話，是一個正在卸下農產品的卡車司機。她得知有好幾部卡車每星期從布拉迪斯拉發運蔬菜水果到克拉科夫來。他答應了她的請求，帶她一起回去。她趕快跑回去跟她同住的人說她要走了。跟那四個一起逃亡的朋友道別是件很困難的事。她們陪她到了市場，揮手道別，看著卡車把她和另外兩個同胞帶去一個充滿未知的方向。她早就接受了父母和兩個妹妹都已死去的事實，但是她默禱至少哥哥裡有一個倖存。他們參加了俄國抗德武裝組織，也許這就保住了他們的性命了。

●

一如在克拉科夫，吉達在布拉迪斯拉發跟許多來自集中營的倖存者一起擠住在公寓裡。她在紅十字會登記了她的名字和住址。他們告訴回來的犯人，這樣做希望可以找到失聯的親友。

有一天下午，她從公寓的窗口望出去，看見兩個俄國兵跳過屋後的籬笆，進了她的住處，她嚇壞了。可是當他們走近，她認出她的兩個哥哥，多多和賴斯洛。她衝下樓，用力打開門，奮力擁抱他們。他們告訴她不敢久留。雖然俄國人已經把這個城市從德國人手中解放了，但是當地居民還是不信任穿俄國軍裝的人。為了不想破壞這甜蜜的短暫重逢，吉達沒告訴他們有關家人的事。她心想，不久他們自然會知道，況且這事也無法在得之不易的幾分鐘內就講清楚。

他們分手之前，吉達告訴他們，她也穿過俄國制服：那是她剛到奧斯威辛時，他們發給她的。她還說她穿上比他們好看，他們都笑了。

第二十六章

勒利搭的火車在鄉野間行進。他靠在車廂的隔板牆上，用手不停地撥弄兩個小口袋的寶石。小口袋綁在長褲裡，這些是他冒險帶出來的。他把大部分的寶石留在床墊底下沒帶來，就留給去搜他房間的人吧。

那天晚上遲些時，火車慢慢停了下來。端著槍的ＳＳ命令大家趕快下車，就像三年前在比克瑙一樣。這是到了另外一個集中營。一個和勒利在同一車廂的人跟他一起跳下車來。

「我知道這個地方，我來過這裡。」他說。

「真的嗎？」勒利問道。

「奧地利的毛特豪森集中營，沒有比克瑙那麼糟，不過也差不多。」

「我叫勒利。」

「約瑟夫，很高興認識你。」

大夥都下了車後，ＳＳ就揮手叫他們走過去找個地方睡覺。勒利跟著約瑟夫走進一棟房子。這裡的人都餓得皮包骨，卻仍然有力氣搶地盤。

「滾蛋，這裡沒有空位了。」

一人一個鋪位，每人都佔了一張床，並且準備打保衛戰。他們又跑了兩棟房，結果一樣。他們終於找到一棟滿空的，宣示了所有權。有人來找地方睡覺，他們就大聲宣佈準備好的問候語：「滾蛋，我們這裡客滿了。」

第二天早上，勒利看見同住的人在排隊。他意識到他們又要搜他的身，還要問他是誰，來自哪裡。他從寶石袋裡挑了三顆最大的鑽石，放進嘴巴裡。當大家忙著排隊時，他趕快跑到屋後，把剩下的寶石撒在地上。他們開始檢查裸體的男子。他看見守衛把排在他前面的人的嘴巴扒開，他趕快把鑽石藏在舌頭底下。當檢查的人走到他跟前時，他已張開嘴巴。他們望了一眼就走了。

●

有好幾個星期，勒利和其他犯人只是就閒坐著，什麼事都不做。他唯一能做的就是觀察，特別是ＳＳ如何看守他們。他設法區別哪個人可以接近，哪個人必須避開。他跟其中一人開始交談。警衛很吃驚勒利的德文說得那麼好。他聽說過奧斯威辛和比克瑙，但是沒去過那裡，想聽他說說那裡的事情。勒利向他勾勒的是一幅遠離現實的圖像。跟德國人說犯人在那裡經歷的真實待遇沒什麼好處。他告訴他在那兒的工作，他寧可工作而不是無所事事。過了幾天警衛問他想不想到另一個集中營去，是毛特豪森之下的紹爾－威克，在維也納。勒利心想，情況不會比這兒差，況且警衛保證那裡比這裡好，司令官已老得管不了事。勒利決定接受這個提議。警衛強調，這個集中營不收留猶太人，所以他必須對他的宗教保密。

第二天警衛告訴勒利：「收拾你的東西，你要走了。」

勒利左右看了一下說：「收拾好了。」

「一個小時之後，客車會把你帶走，在大門口等著，名單上有你的名字。」他笑著說。

「我的名字？」

「沒錯。不要讓人看見你手臂上的號碼，知道嗎？」

「他們叫我的名字我就答應嗎？」

「對——不要忘記，祝你好運。」

「在你走之前，我想給你一樣東西。」

警衛一副困惑的樣子。

勒利從他的嘴巴裡拿出一顆鑽石，在襯衫上擦一擦，遞給他。「現在你就不能說從來沒有得到過猶太人給的東西了。」

•

維也納。誰會不喜歡到維也納來旅遊呢？這可是當年作為花花公子的勒利夢寐以求的地方。光這個地名的聲音聽上去就很浪漫，充滿品味和可能性。但是如今他懷疑這個地方還能否實至名歸。他們抵達的時候，當地的守衛漠不關心。他們找到一個住處，被告知什麼時候在哪裡吃飯。如今勒利所有的心思都放在如何找到吉達。沒完沒了的從一個集中營被送到另一個，到另一個，到另一個──他已經快受不了了。

他花了好幾天來觀察周遭的環境。他看見司令官站都站不穩，奇怪他怎麼還能喘氣。他和隨和的守衛聊天，企圖瞭解這裡犯人的組成份子。當他發現自己是唯一的斯洛伐克犯人時，他決定不聲張。波蘭人、俄國人、和幾個意大利人整天和同鄉坐在一起聊天，只有勒利獨來獨往。

有一天兩個年輕人悄悄地靠過來說：「他們說你在奧斯威辛是個刺青師。」

「誰是『他們』？」

「有人說在那裡認識你，你為犯人刺青。」

勒利抓住年輕人的手，拉起他袖子，沒有號碼。他轉身對著另一個人。

「那麼你呢，你在那兒嗎？」

「沒有，可是他們說的是真的嗎？」

「我是個刺青師，那又如何？」

「沒什麼，只是隨便問問。」

男孩們走了，勒利又回去作他的白日夢。他沒看見走過來的ＳＳ軍官，直到他們猛拽他，雙腳離地地把他拖到附近的一棟房子裡。勒利發現自己站在那個老邁的司令官跟前，他對其中一個ＳＳ軍官點頭示意。這個軍官拉起勒利的衣袖，露出他的號碼。

「你待過奧斯威辛？」司令官問道。

「是的，長官。」

「所以說你是猶太人？」

「不是的，長官，我是個天主教徒。」

司令官揚了下眉毛說：「我不知道在奧斯威辛還有天主教徒。」

「那裡有好多不同的教徒，長官，還有罪犯和政治犯。」

「你是不是罪犯？」

「不是的，長官，我是個天主教徒。」

「你回答過兩次『不是』了。我再問你最後一次，你是不是猶太人？」

「不是的，我不是。好吧——讓我證明給你看。」說完，勒利就解開綁在褲腰上的繩子，長褲隨即被褪到地上。他用手指扣住底褲的內裡，準備脫掉。

「停手。我不要看。你可以走了。」

勒利把長褲拉上，盡量控制呼吸，差一點兒就露餡兒了。他急忙走出辦公室，走到外面另一間辦公室。勒利停步癱倒在一張椅子上。附近辦公桌後的一個軍官在看他。

「你沒事吧？」

「我沒事，就是有點暈。你知不知道今天幾號？」

「今天是二十二——不對，等等，是四月二十三號。怎麼了？」

「沒什麼。謝謝。再見。」

勒利走出去，看見犯人們懶懶地坐在院子裡，守衛們看上去更懶。他心想，**三年，你們從我生命中奪走了三年，我不會讓你們再多奪走一天**。勒利走到房子的背面，用手抓住圍牆搖動，想找出鬆動的地方。沒多久就找到了。圍牆離地而起，他把它往自己的方向拉，不管有沒有人注意，他從空隙處爬了過去，慢慢地走了。

樹林為他遮擋了巡邏的德國人。愈往裡走，就愈能聽到隆隆的槍砲聲。他不知道該朝槍砲聲走去還是往反方向走。在短暫的停火期間，他聽到流水的聲音。走向溪流就會接近雙方交火的地方。他一向有很好的內在羅盤，覺得方向沒錯。如果溪流對岸是俄國人或者美國人，他會很樂意投降。天色慢慢暗了下來，他可以清楚地看見遠處槍砲的火花。他的目的是要找到流水，最好還有座橋和一條路。當他走到水邊的時候，眼前是一條河而不是小溪。他看了下對岸，聽著砲聲，心想，**一定是俄國人。我來了**。他走進河裡，冰冷的水令他震驚。他慢慢地在河裡游，盡可能不濺起水花，以免被人發現。他停下來，抬頭傾聽，槍砲聲更近了。「他媽的。」他嘀咕。他決定停止游泳，讓水流自然地帶他離開夾攻的槍火，假裝自己是不值一顧的漂流木或屍體。當他覺得安全了，就拚命往岸邊游去。他把自己拉出水面，在凍昏過去之前，拖著濕透的身體沒入樹林裡。

第二十七章

勒利甦醒時，陽光正照在他臉上。他的衣服比較乾了，他聽得到河水在下面流動的聲音，此處昨夜為他提供了藏身之地。他以肚貼地在林子裡爬行，一直爬到一條路面上。俄國兵正在路上行進。他怕被槍彈誤傷，謹慎地觀察了一陣子。士兵們看上去很鬆懈。他決定加速實行回家的計劃。

勒利舉起雙手，走到路上。幾個士兵嚇了一跳，馬上舉槍對著他。

「我是斯洛伐克人。我在集中營裡待了三年。」

士兵們對望了一下。

「滾開。」有個人說，他們繼續前進，其中一人經過勒利身邊時還推了他一把。他站了幾分鐘，許多士兵走過他身邊，不理他。他接受了他們冷淡的態度，決定繼續他的既定計劃，士兵們偶爾會看他一眼。他決定跟他們走相反的方向，心想俄國人可能是去跟德國人打仗，那麼離他們愈遠愈好。

終於有一部吉普車在他身邊停了下來。後座的軍官打量著他說：「你他媽的是誰？」

「我是斯洛伐克人，我在奧斯威辛被囚禁了三年。」他拉起左袖給他看被刺上的號碼。

「從來沒聽說過。」

勒拉無言以對。這麼可怕的地方居然有人不知它的存在，實在令人難以想像。

「我只能告訴你它在波蘭境內。」

「你的俄文說得很標準，」士兵說道：「會說其他語言嗎？」

「捷克文、德文、法文、匈牙利文、和波蘭文。」

這個軍官仔細地審視著他。「你準備到哪兒去？」

「回家，回斯洛伐克。」

「不對，你不回家。我有個適合你的工作要你做，上車。」

勒利想拔腿逃跑，但是不可能，他只好上車坐進後座。

「掉頭，回總部。」軍官下令給駕駛員。

吉普車顛簸地駛過坑洞和溝渠往回開。他們走過幾哩之後，經過一個小村莊，轉上一條土路，往山頂的一棟大度假屋開過去，從那裡可以眺望美麗的山谷。他們開上一條環形車道，那兒停了幾輛看上去價錢昂貴的汽車。氣勢恢弘的大門兩邊，站著兩個警衛。吉普車打著滑停了下來，司機立刻下車打開後座的車門讓軍官下車。

「跟我來。」軍官說道。

勒利連忙跟上，進入度假屋的大廳。他停步看了看，震驚於眼前富麗堂皇的景象。一條大樓梯，無數藝術品——每面牆上都掛滿了繪畫和壁毯——還有那些他從未見過的精緻傢俱。勒利踏進了一個超越他理解範圍的世界。相對於他所理解的世界來說，這景象幾乎令他痛苦。

軍官走向主大廳的一間側室，示意勒利跟隨他。他們走進一個裝修精美的房間，房間中央擺了一張桃花心木桌，桌後坐著一個人。從他穿的制服和戴的徽章來看，可以確定他是位俄國高階軍官。他們進房時，此人抬起頭來。

「這是什麼人？」

「他說他當了三年納粹的犯人。我猜他是猶太人，但是我想這不重要。重要的是他會說俄文和德文。」軍官說道。

「所以呢？」

「我想他有利用價值。你知道，我指的是他可以跟當地人說話。」

高階軍官往後靠，似乎在思考此事。「那麼就讓他工作吧。找個人看著他，要是他逃走就殺了他。」勒利被領出房間的時候，高階軍官又加了一句：「把他弄乾淨，給他換身像樣的衣服。」

「是的，長官，我相信他會好好為我們服務的。」

勒利跟著軍官走，我不知道他們要我做什麼，但是去洗個澡，換身乾淨衣服……他們走過大廳，上了二樓；勒利發現上面還有兩層。他們走進一間臥室，俄國人走去打開壁櫥，裡面全是女裝，他沒說話，離開走進隔壁臥房，這回全是男裝。

「去找幾件合身好看的衣服。從這裡走過去應該有個浴室。」他指指。「你把自己弄乾淨，等一下我會來找你。」

他把身後的門關上。勒利看了一下房間四處，一張很大的四柱床，鋪了厚厚的被子，床上堆了各種形狀大小不一的枕頭；有個連抽屜的衣櫃，應該是用實心黑檀木製成的；一張小桌上放了一盞蒂凡尼檯燈；還有一張裝飾著精美刺繡的躺椅。他多希望吉達也能在這裡，他即刻抑制了這個念頭，他不能想她，現在還不能。

勒利用手去摸衣櫥裡的西裝和襯衫，休閒和正式的都有，還加上所有的配件，足以讓從前的勒利再現。他選了一套西裝，把它舉到鏡前，欣賞了一回：合適得幾近完美。他把它丟到床上，跟著又丟了一件白襯衫。他從抽屜裡選了柔軟的內褲、清爽的襪子、和一條光滑的棕色皮帶。在另外一個櫃子裡，他找到一雙擦得鋥亮的皮鞋，來配那套西裝。他光腳套進去試了一下，正合適。

一道門通向浴室，牆上和地上鋪的白磁磚反映著浴室裡閃閃發光的金飾裝潢。下午日落前的陽光從一扇彩色大玻璃窗照進來，在房間裡投射出淡黃和深綠的光影。他走進房間，佇立良久，盡情享受此刻的期盼心情。他把浴缸放滿了水，讓自己泡浸其中，奢侈地陶醉著，直到水涼了下來。他又注入許多冒著熱氣的水，並不急著結束這三年以來所洗的第一個澡。他終於踏出浴缸，浴室裡的橫桿上掛了許多條浴巾，他拿了一條來擦乾身體，浴巾很柔軟。他走回臥室，慢慢穿衣，盡情享受光滑的棉質品、亞麻織品和羊毛襪的感覺。它們完全沒有擦蹭感或刺激皮膚，也沒有鬆垮地垂在他瘦縮的身體上。明顯的，這些衣服的主人很精瘦。

他坐在床上等候看管他的軍官回來。等了一下，他決定再看看房間別的地方。他拉開窗簾，看見幾扇法式落地玻璃窗，窗外有個陽台。他興奮地猛力把門打開走出去。**哇，我在哪兒？**呈現在他眼前的是個完美無瑕的花園，伸展的草坪沒入樹林。一個環形車道盡入眼底，幾部汽車正載來一些俄國官員。他聽見房門打開，回頭看見看管他的軍官，還帶來了一個低階士兵。他待在陽台上，那兩個人走來和他站在一起，往下看著地面。

「真好，你不覺得嗎？」看管勒利的人說。

「你們挺能幹的，為自己找了個好地方。」看管他的人笑了。「沒錯，我們找到了。這個總部要比前線那個舒服些。」

「你要不要告訴我該如何配合你們的工作？」

「這位是弗里德里希，他會監督。如果你逃跑，他就會殺了你。」

勒利看了一眼此人。手臂上的肌肉鼓起，緊貼著襯衣衣袖，他的胸肌幾乎要繃掉胸釦。薄薄的嘴唇不笑也不動。他也不理會勒利的招呼。

「他不但監督你，還會每天帶你到村裡去採購。明白嗎？」

「採購什麼？」

「啊，不買酒，我們的酒窖裡貯滿了酒。食物嘛，主廚們會買，他們知道要買什麼……」

「那麼剩下來的就是……」

「娛樂。」

勒利不動聲色。

「每天早上你進村去物色年輕女人，那些有興趣在晚上來這裡與我們共度時光的，懂嗎？」

「要我替你們拉皮條？」

「你的瞭解無誤。」

「我如何說服她們？難道要我說你們長相都很好，會善待她們嗎？」

「我們會給你一些東西來引誘她們。」

「什麼東西？」

「跟我來。」

三人走下樓到了另外一間豪華的房間，有個軍官打開了嵌入牆中的保險庫門。看管者走進保險庫，拿出兩個金屬罐，放在書桌上。一個罐裝的是現鈔，另外一個是珠寶。勒利看到還有許多相同的金屬罐排列在保險庫的架子上。

「每天早上弗里德里希會帶你來，你從這裡拿些鈔票和珠寶給女人們。我們每晚需要八到十個人。讓她們看看這些報酬。如有必要，也可以預付一些錢。告訴她們一到了這裡就全數付清。晚上結束以後，會有人安全地送她們回家。」

勒利想伸手進珠寶罐，但立刻被砰的一聲關上了。

「你跟她們談好價碼了嗎？」他問道。

「這我就讓你去訂了。盡你所能做筆好買賣，懂嗎？」

「當然懂，你想用香腸的價錢去買上等牛肉。」勒利知道怎麼打比方。

軍官笑了。「跟弗里德里希去吧，他會帶你到處去逛逛。你可以在廚房用餐，也可以在你的房間裡——告訴主廚就行了。」

弗里德里希帶勒利下樓，介紹他認識兩個主廚。他告訴他們，他比較喜歡在自己房間裡用餐。弗里德里希告訴勒利他只能上一樓，不能再往上走。即使在一樓，也只能進自己的房間。訊息很清楚。

過了幾個小時，他們給勒利送來一份奶油濃汁羊肉晚餐。胡蘿蔔烹調得仍有嚼勁，滴滿黃油。盤子上加配了鹽、胡椒、和新鮮的歐芹。他懷疑自己是不是已失去欣賞濃郁味道的能力，他沒失去，他失去的卻是享受眼前食物的能力。當吉達不能和他共享，他怎麼可能獨享呢？當他都不知道她有沒有東西吃？當他一點消息都沒有……但是他壓抑了那個思慮。如今他在這裡，在找到她之前，他必須做他該做的事。他只吃了盤子上一半的食物，永遠留下點兒，過去這幾年他都是這樣過的。勒利一邊吃東西一邊喝酒，幾乎喝掉整瓶。他費了好大勁才脱掉衣服，撲倒在床上，進入醉漢的夢鄉。

第二天早上，他被早餐托盤放到桌上的叮噹聲給吵醒了。他不記得有沒有鎖門。也許主廚有鑰匙。昨晚的托盤和酒瓶已被收走，一句話都不用說。

吃完早餐，他快速洗了個淋浴。當弗里德里希進來時，他正在穿鞋。「好了嗎？」

勒利點頭說：「我們走吧。」

第一站是書房的保險庫。弗里德里希和另外一個軍官看著勒利挑選了一些現金。他們數了數，登記在賬本裡。勒利又選了些小首飾和零碎的寶石，也登記了。

「我想我拿得太多了，因為這是我第一回做，不知道市價是什麼。我這樣行嗎？」他跟那兩個人說。

他們聳了聳肩。

「只要保證把沒送出去的東西還回來就好。」負責財務的軍官說。

把錢放在一個口袋裡，再把珠寶放進另一個口袋，勒利就跟著弗里德里希到了度假屋旁邊的一排車庫。弗里德里希徵用了一部吉普車，勒利上了車。他們開了幾哩路進村，就是勒利昨天經過的地方。勒利心想，只過了一天？怎麼我已經覺得變了個人？在去的路上，弗里德里希告訴他，晚上他會開一部小卡車去接那些女子。車坐得不舒服，可那是唯一可以坐十二個人的一部車。進村之後，勒利問道：「那我在哪裡可以找到合適的女子呢？」

「我在街頭把你放下，走進所有的商店，去找工作人員或顧客——都無所謂，只要年輕就可以，最好是也漂亮。問她們要多少錢，讓她們看看那些報酬——如果她們要求預支，只能給現金。告訴她們，我們六點會到點心店門外接她們。有些人以前來過。」

「我如何知道誰是名花有主的呢？」

「她們會拒絕，我猜。她們也可能朝你丟東西，所以你得隨時準備躲。」勒利下車時，他說：「我在這裡等你、觀察你。慢慢來，不要幹蠢事。」

勒利往附近一家時裝店走去，希望今天沒有丈夫或男朋友陪他們的伴侶來買東西。他走進去的時候，人人都望著他。他先用俄文打招呼，後來想到這裡是奧地利，於是改用德文。

「哈囉，女士們，今天妳們可好？」

女子們相互看對方，有幾個咯咯笑出聲來。一個店員走過來問：「我能幫你嗎？你是不是要為你太太找什麼東西？」

「並不是的。我要和妳們大家談談。」

「你是不是俄國人？」一個顧客問道。

「不是，我是斯洛伐克人。然而我是代表俄國軍隊來此地的。」

「你住在度假屋裡嗎？」另一個顧客問道。

「是的。」

勒利放下了心，因為有個店員大聲說：「你是不是到這裡來問我們，今晚要不要參加派對？」

「對，對，就是。妳以前去過嗎？」

「我去過。不要那麼緊張，我們都知道你要什麼。」

勒利看了一下四周。這裡有兩個店員和四個顧客。

「那麼？」他謹慎地說。

「讓我們看看你有什麼。」一個顧客說。

勒利把口袋裡的東西全部拿出來，放在櫃檯上，女子們圍了過來。

「我們能有多少錢？」

勒利看著去過度假屋的女子。

「上次付給妳多少？」

她在他鼻子底下揮了揮一枚鑽石和珍珠戒指說：「外加十馬克。」

「好吧，我現在給妳五馬克，今晚再給妳五馬克，另外讓妳選一枚珠寶，如何？」

女子翻找了一下，挑了一枚珍珠手鐲說：「我就要這個。」

勒利輕輕地從她手上拿走。「現在還不行，」他說：「六點整在點心店見，成交？」

「成交。」她說。

勒利給了她五馬克，她把錢塞到胸罩裡。

其餘的女子們仔細檢視珠寶，挑了她們想要的。勒利給了每人五馬克，沒有討價還價。

「謝謝，女士們。在我離開之前，能不能告訴我哪裡可以找到志趣相投的美女？」

「你可以試試隔了幾家的那個咖啡館，也可以試試圖書館。」其中一人推薦。

「當心那些在咖啡館的奶奶們。」有個女子咯咯地笑著說。

「妳說『奶奶們』是什麼意思？」勒利問道。

「你知道啦，老女人——有些已超過三十歲了！」

勒利笑了。

「你看，」原先那個自告奮勇的女子說：「你可以在大街上叫住你遇見的任何女子。我們都曉得你所為何事，有好多像我們這樣需要美酒美食的人，即使我們要跟那些醜陋的俄國豬玀分享也無所謂。這裡已沒有能幫我們的男人了。我們只得做非做不可的事。」

「就像我一樣，」勒利告訴她們：「非常感謝妳們，我很期待今晚見到大家。」

勒利走出商店，靠著牆稍事休息。一個店裡就找到了一半需要的女子。他往對街看去，弗里德里希正看著他，他對他豎起大拇指。

好了，咖啡館在哪裡？往那兒走的路上，勒利遇見三個年輕女子，其中兩個同意來參加派對。在咖啡館裡他又找了三個。她們大概是三十到三十五歲左右，都很漂亮，任何人都應該會喜歡跟她們在一起的。

那天晚上，勒利和弗里德里希如約到點心店去接了等在那裡的女子們。她們的衣著和妝扮都很優雅。講好的珠寶和現金易手無誤。弗里德里希沒怎麼監督。他看著她們走進度假屋。她們牽著手，一副堅定的表情，偶爾笑笑。

「把剩下的東西給我。」弗里德里希跟站在旁邊的勒利說。

勒利交出口袋裡的一些錢和珠寶。弗里德里希對正確執行的交易很滿意。他把東西放進口袋，就去搜勒利的身，還把手伸進他的口袋裡。

「嘿，小心點，」勒利說：「我跟你可沒那麼熟！」

「你不是我喜歡的那一型。」

•

廚房裡的人一定是知道他回來了，進房不久，他的晚餐就送到了。他吃完就走出去，到了陽台上。他靠著欄杆，看著來來往往的汽車。偶爾下面傳來派對的聲音，他很高興聽到的都是笑聲和話語聲。他走回房間，開始脫衣準備上床睡覺。他在褲腳的捲邊裡摸來摸去，找到他藏在那裡的小鑽石。他從抽屜裡拿出一隻襪子，把鑽石塞進去，這一晚就此結束了。

過了幾個鐘頭，他被從陽台傳進來的笑語聲吵醒。他走出去，看見女子們正鑽進卡車準備回家。她們大多數都有醉態，但沒有人是憂傷的。他上床繼續睡覺。

•

下面幾個星期，勒利和弗里德里希每天進村兩次。他成了名人，即使從來沒到過度假屋的女人都知道他是誰，經過時都會跟他打招呼。時裝店和咖啡館是他最喜歡的兩個地方，不久後，女人們知道他要來了，就在那裡等他。他的常客見到他，就在他頰上親一下，還要求他晚上一起參加派對。她們好像真的很不高興他從來都不參加。

有一天在咖啡館裡，一個叫塞麗娜的女侍大聲說道：「勒利，你肯不肯在戰後娶我？」別的女子咯咯地笑了，年紀大的則不以為然地發出嘖嘖聲。

「她愛上你了，勒利。她不要那些俄國豬玀，無論他們多有錢都沒用。」一個顧客這麼說。

「妳是個很美麗的女子，塞麗娜，但是我已經心有所屬了。」

「是誰？她叫什麼名字？」塞麗娜生氣地問道。

「她叫吉達，我們已私訂終身了，我愛她。」

「她在等你嗎？她在哪裡？」

「我不知道她現在在哪裡，但是我會找到她。」

「你怎麼知道她還活著？」

「哦，她還活著。有些事妳就是知道。妳有過這種經驗嗎？」

「我不太清楚。」

「那妳從來沒有戀愛過。大家待會兒見，六點整，不要遲到。」

他走出門時，她們齊聲跟他說再見。

•

那天晚上，勒利又加了一顆大紅寶石到他的戰時資金裡，突然被一陣強烈的鄉愁襲倒。他在床上坐了很久。他對家的記憶被對戰爭的記憶給玷污了。他只能透過被傷痛和死亡弄得黯淡的玻璃去看他關心的人和事。當他終於打起精神來的時候，他把襪子裡的珠寶通通倒在床上，數了一遍。這是他過去幾個星期以來違規藏起來的。數完他就晃到陽台上。現在的晚上變暖和了，好幾個參加派對的人待在屋外的草坪上，有的在漫步，有的在玩捉人遊戲。有人敲房門，把他嚇了一跳。打從頭天晚上以來，無論他在不在房裡，他都會把門鎖上。他急忙趕過去，正要開門，一眼瞥見床上的珠寶，連忙拉了床被子蓋上。他沒注意到那顆紅寶石滾到了地上。

「為什麼你的門是鎖的？」弗里德里希問道。

「我不要跟你的同僚一起睡在一張床上，我發現有好幾個人對送來的女人沒興趣。」

「原來如此。你是個長相好看的人，如果你肯的話，他們會給你很豐厚的報酬的。」

「我不是那種人。」

「你想要個女人嗎？反正該給她們的錢已付了。」

「不必了，謝謝。」

弗里德里希的眼睛被地毯上閃閃發光的東西給吸引了。他彎腰撿起那顆紅寶石。

「這是什麼？」

勒利看著那顆紅寶石，覺得很意外。

「你能否解釋為什麼你會有這個東西，勒利？」

「一定是卡在我褲袋的襯裡了。」

「真的嗎？」

「如果是我故意拿了的話，你覺得我會落在那兒等你來發現嗎？」

弗里德里希細想了一下。「我猜不會。」他把它裝進口袋裡。「我要把它送回保險庫。」

「對了，你為什麼來找我？」勒利問道，故意換個話題。

「明天我將被調走，所以從今以後，你得一個人辦事，早上找人，晚上接她們。」

「你的意思是我得跟另外一個人嗎？」勒利問道。

「不是。你已經證明你值得信任；將軍對你的印象非常好。你只要這樣繼續做下去，等到該離開這裡的時候，你很可能還會得到額外的獎金。」

「很可惜你要離開了。我很喜歡跟你在卡車裡聊天。好好照顧你自己，外面還在打仗呢。」

他們握手道別。

一旦房間裡只剩下勒利一個人，他就把門鎖緊，收拾起床上的寶石，放回襪子裡。他從壁櫥裡選了一套最好看的西裝，把它放到一邊。他又挑了一件襯衫、幾條內褲和幾雙襪子，把它們放在桌上，又在桌子底下塞了一雙皮鞋。

•

第二天早上，勒利洗了淋浴，穿上他選好的衣服，包括四條內褲和三雙襪子。他把裝了珠寶的襪子揣在西裝的內袋裡。他環視了房間最後一眼，就動身往保險庫走去。勒利自動拿了像平常一樣份量的現鈔和珠寶，正要離開，負責財務的軍官把他叫住。

「等一下，今天多拿點。下午會有兩個高階軍官從莫斯科到這裡來。你得為他們採購最好的貨色。」

勒利又多拿了一些錢和珠寶。「今天上午我可能要回來得晚一點。我要順便去趟圖書館，想借本書。」

「我們這裡有個非常好的圖書館。」

「謝謝，但那裡總是有幾個軍官，所以……唉，我還是滿怕他們的。你能理解嗎？」

「噢，好吧，隨你的便。」

勒利走進車庫向管理員點點頭，此人正忙著洗車。「今天天氣很好，勒利。車鑰匙已經在吉普車裡了。我聽說你今天跑單幫。」

「是的，弗里德里希被調走了，希望不是被調到前線。」

管理員笑道：「那他的運氣可壞透了。」

「哦，我得到許可，今天可以比往常回來得晚一點。」

「你是要給自己尋點樂子，對不對？」

「差不多吧，待會兒見。」

「好的，祝你玩得開心。」

勒利若無其事地上了吉普車，頭也不回地駛離度假屋。進了村，他把車停在大街的盡頭，把車鑰匙留在啟動開關裡就走了。有一部自行車靠在一個商店外，他漫不經心地推著車走。過了一會兒，他就跳上車往城外騎。

騎了幾里之後，一個俄國巡邏兵把他叫住。

一個年輕軍官質問他：「你要到什麼地方去？」

「我當了三年德國人的囚犯。我是從斯洛伐克來的，現在要回家。」

俄國人一把抓住自行車的把手，迫使勒利不得不下車。他轉過身離開俄國兵時，屁股上被踢了一腳。

「走路對你有好處，快滾蛋。」

勒利走開，**心想不值得跟他爭論**。

天黑了，他還繼續走。前面有來自小城的燈光，他加緊了腳步。那兒到處都是俄國兵，雖然他們對他不理不睬，但他還是覺得繼續往前走比較好。在城郊，他看見有個火車站，趕忙走了過去，心想也許可以找到一張長凳，讓他躺上幾個鐘頭。走上月台，一列火車停在那裡，可是看不見人。一看到火車他就有不祥之感，但是他壓抑住這份恐懼，在月台上來回走，往車廂裡看。是客車廂，給人坐的。不遠處，火車站的辦公室有燈光，他往那個方向走過去。裡頭有個站長，坐在椅子上前後搖晃，強忍瞌睡，但頭還是不時往前傾。勒利從窗口後退了些，假裝忍不住一陣猛咳，冒充很自信的樣子，走到窗口前。這時站長醒了，走近窗口，只打開窗口到可以交談的程度。

「我能幫你什麼忙？」

「這列火車的目的地是哪裡？」

「布拉迪斯拉發。」

「我能不能搭這班車？」

「你有錢買票嗎？」

勒利把襪子從西裝口袋裡抽出來，拿出兩顆鑽石遞給他。當他這麼做的時候，左臂的袖子褪了上去，露出刺青的號碼。站長接過鑽石。「到最後一節客車廂去——那兒沒有人會干擾你。但是車要明早六點才會開。」

勒利看了一眼火車站裡的大鐘。還有八小時。

「我可以等，車程要多久？」

「大約一個半小時。」

「謝謝你，非常謝謝你。」

勒利往最後一節客車廂走去的時候，站長叫住了他，追上來給了他吃的和一個熱水瓶。

「只不過是我老婆做的三明治，咖啡倒是既濃又熱的。」

接過吃的和咖啡，勒利的雙肩垂下，忍不住流出淚來。他抬頭看見站長轉身走回辦公室時，眼裡也含著淚水。

「謝謝你。」他幾乎說不出這話來。

●

火車到達斯洛伐克邊界時天剛亮。一個官員走近勒利，要看證件。勒利捲起袖子讓他看唯一的身分證明：32407。

「我是斯洛伐克人，」他說。

「歡迎你回家。」

第二十八章

布拉迪斯拉發。勒利下車進了城，這是他曾經度過快樂時光、是他過去三年該生活的地方。他在市區裡幾個曾經很熟悉的地方漫步，許多地方已被轟炸得面目全非，此地已不值得留戀。他必須設法回到離這裡兩百五十哩之遙的克龍帕希；回家的旅程是遙遠的。他總共花了四天時間，包括用兩條腿走路，偶爾坐馬車，騎無鞍的馬，還坐過拖拉機後面的板車。有時他必須用唯一的辦法付酬金：這兒一顆鑽石，那兒一顆祖母綠。他終於走在從小到大住的那條街，站在家對面。前院的圍欄已不見了，只剩下扭曲的柱子。母親喜歡並引以為榮的花圃已被野草淹沒，一片粗糙的木板釘在破窗上。

從街對面衝出一個老婦，對著他直嚷嚷。

「幹什麼的？你，快點離開！」她手揮一把木勺，對著他大吼大叫。

「對不起。就是……我以前住在這裡。」

老婦人仔細打量著他，突然認出他來。「勒利？是你嗎？」

「是的。噢，莫爾納太太，是妳嗎？妳……妳的樣子……」

「老了。我知道。噢，天哪，勒利，真的是你嗎？」

他們彼此擁抱，以哽咽的聲音互相問候，不給對方充分回答的機會。他的老鄰居終於掙脫了他。

「你還站在這裡幹什麼？快進去，回家。」

「那裡還有人住嗎？」

「當然有，你姐。哎唷──她不知道你還活著吧？」

「我姐姐！高蒂還活著？」

勒利衝過街，使勁敲門。他沒有立刻聽到回音，他又再敲。他聽到屋裡有人說，「來了，來了。」

高蒂開了門，一眼看見她的弟弟，就暈倒了。他把姐姐抱起來放在一張沙發椅上。這時莫爾納太太端了一杯水過來。勒利把姐姐的頭親切地擁在懷裡，等她睜開眼睛。她甦醒過來後，他把水遞給她。她啜泣不已，大半杯水都灑了。莫爾納太太悄悄地離開，勒利摟著姐姐輕搖，自己也忍不住哭了。過了很久，他才能夠開口說話，問了許多急不及待要知道的問題。

他聽到的都是令他沮喪的消息。他離開後，沒幾天他的雙親就被抓走了，高蒂不知道他們去了哪裡，也不知道是不是還活著。馬克斯參加了游擊隊，抗德時犧牲了。馬克斯的妻子和兩個小兒子被抓走了——她也不知道他們的去向。唯一算是好消息的是有關高蒂自己的。她愛上了一個俄國人，結了婚。現在她姓索科洛夫。她的丈夫出差去了，過幾天才會回來。

當她煮飯給他吃的時候，勒利跟進了廚房，不讓她離開視線。飯後，他們聊到深夜。高蒂想盡辦法問勒利過去三年的事，他只說他待在波蘭的一個集中營裡，現在回家了。

第二天他跟姐姐和莫爾納太太傾訴他對吉達的愛，他相信她還活著。

「你一定要找到她，」高蒂說：「你應該去找她。」

「我不知道從哪兒找起。」

「哎呀，她從哪兒來的？」莫爾納太太問道。

「我不知道，她不肯告訴我。」

「我不明白，你是說你認識她三年，她從來沒跟你提過她的生平嗎？」

「她不肯說。她要在離開比克瑙那天才告訴我，但是事情發生得太快了。我只知道她的姓：是弗曼。」

「嗯，這可能有點用，不過資料也太少了。」他的姐姐這麼責備他。

「我聽說有人開始從集中營回家，」莫爾納太太說：「他們都去了布拉迪斯拉發。也許她在那裡。」

「如果要回布拉迪斯拉發，我需要交通工具。」

高蒂笑了。「那你還坐在這裡幹什麼？」

進了城，勒利問每一個遇見的人，可否買他們的馬、自行車、汽車或者卡車，他們都拒絕了。

正當他要放棄的時候，一個老頭坐在一輛用一匹馬拉的小板車上，朝他的方向走過來。勒利擋在馬前，逼得老頭不得不勒繮停車。

「我想買你的馬和小板車。」他脫口而出。

「給多少錢？」

勒利從口袋裡掏出幾顆寶石說，「這些都是貨真價實的寶石，很值錢的。」

老頭仔細看了一遍這些珍寶之後說：「我有一個條件。」

「什麼條件？你儘管說。」

「你得先送我回家。」

不久之後，勒利把馬車停在姐姐房子外面，驕傲地展示他新買的交通工具。

「我沒東西餵牠呀。」她叫道。

他指指沒膝的長草說：「妳前院的草需要割了。」

那天晚上，馬就栓在前院。莫爾納太太和高蒂忙著為勒利準備旅途上要吃的食物。他真不想那麼快就跟她們道別，可是她們堅持要他快上路。

「沒有吉達就別回來。」這是勒利上板車前，高蒂跟他講的最後一句話。這時馬正好開步走，他一分神，差點從板車上摔下來。他回頭看著這兩個女人，站在他住過的家門外，環臂摟著彼此，微笑著跟他揮手道別。

•

勒利和他的新伴侶花了三天三夜，走過無數殘破不堪的道路，和被炸燬的城鎮。遇到斷橋，他們就涉水渡過。一路上他讓許多人搭便車。他節儉地吃著他帶來的食物。一想到他那支離破碎的家就很難過，同時他也很想念吉達，這就賦予他亟需前行的目的感。他必須找到她，他答應過的。

當他終於到達布拉迪斯拉發時，他立刻到火車站去。「聽說集中營的倖存者陸續回來了，是不是真的？」他問道。他們告訴他是真的，還給了他一份火車時間表。他不知道吉達可能去哪裡——連哪個國家都不知道——他決定去等每一班火車。他想去找個落腳的地方，可是一個帶著一匹馬的怪人，不是個討人喜歡的房客。於是他就找塊空地，隨遇而安地睡在板車裡，等那匹馬吃夠了草，就挪個地方。這令他不時想起在集中營裡遇到的羅姆人朋友，和他們說的一些生活點滴。此時已近夏末，連頻繁的陣雨也改變不了他的決心。

整整兩個星期，勒利在車站徘徊，穿梭於從每一班車下來的乘客之間。他在月台上來回地走，一看見有女人下車就趨前問道：「妳有沒有在比克瑙待過？」有那麼幾次他得到了肯定的答覆，他就追問：「妳認識吉達．弗曼嗎？她住在第二十九排房。」沒人認識她。

有一天，火車站站長問他有沒有在紅十字會登記吉達這個人，他們那裡登錄了失蹤的和回來了正在找心愛的人的名字。他心想，反正又沒有損失，決定姑且一試，便按人家給的地址，走到市中心去。

●

吉達跟兩個朋友在市中心大街上走，看見一部樣子滑稽的馬拉板車，有個年輕人漫不經心地站在馬後的板車上。

她走到馬路中間。

時間靜止了，馬也自動在年輕女子面前停了下來。

勒利從板車上爬下來。

吉達朝他邁了一步，他沒動。她又邁前一步。

「哈囉。」她說。

勒利跪了下來。吉達轉身對著驚訝地看著她的兩個朋友。

「是他嗎？」其中一人問道。

「是的，」吉達說：「就是他。」

顯然勒利跪著不動，也許他動不了，於是吉達朝他走去，也跪在他跟前。她說：

「我們離開比克瑙的時候，怕你沒聽到，我說我愛你。」

「妳願意嫁給我嗎？」他說。

「我願意。」

勒利把她擁進懷裡親吻她。吉達的一個朋友把馬牽開。於是吉達用手臂環抱勒利的腰，頭倚在他的肩膀上，往前走去，融入大街上的人流。在這飽經戰爭蹂躪的城市裡，有許多年輕情侶，他們是其中一對。

尾聲

勒利後來改名為索科洛夫，那是他俄國姐夫的姓氏。在蘇維埃管控的斯洛伐克，這個名字比艾森伯格容易被接受。他和吉達是在一九四五年十月結的婚。他們把家安頓在布拉迪斯拉發。勒利開始從歐亞各地進口亞麻、絲和棉的精製布料，把這些布料賣給極需重建國家，以及為他們換新裝的製造商。在蘇聯的主導下，斯洛伐克和捷克共和國重新統一，建立了捷克斯洛伐克。按照勒利的說法，他的貿易公司是唯一沒有立刻被共產主義者收歸國有的，因為他為政府統治者提供了假公濟私的物資。

業務有增無減，他找了個合夥人，利潤增加了。勒利又重新穿著時尚服裝。他和吉達在最好的餐廳用餐，在蘇俄境內的旅遊勝地度假。他們擁護在以色列境內建立一個屬於猶太人的國家，他們是這個運動的積極份子，尤其是吉達。她在幕後默默地工作，向富有的當地人募捐，再設法將這些基金走私到國外。

當勒利的公司合夥人離婚後，他的前妻向官方舉報了勒利和吉達參與的活動。一九四八年四月二十日，當局逮捕了勒利，控告他「從捷克斯洛伐克出口珠寶和其他貴重物品。」逮捕令並指出：「捷克斯洛伐克因此蒙受難以計數的損失，而索科洛夫則從非法攫取的行為，獲得了為數可觀的財富。」雖然勒利一直走私珠寶和金錢出國，但是他並沒有為自己謀利，他甚至一直在捐錢。

兩天後，他的公司被收歸國有，他則被判兩年徒刑，坐牢的地方是二戰後以關押政治犯和德國犯人而聞名的伊拉瓦監獄。勒利和吉達很精明，他們把一些財產貯藏了起來。吉達利用當地政府官員和司法部門的關係，賄賂能幫上忙的官員。有一天，一位天主教神父來監獄探訪勒利。談了一陣子之後，神父要求獄卒離開囚房，以便勒利告解。這是神聖不可侵犯的，只有他可以聽。等只剩他們二人時，神父叫勒利開始假裝精神失常。如果他表演逼真，那麼監獄的官員就必須找心理醫生為他診治。過沒多久，就有個心理醫生來看勒利的病。醫生告訴他，他可以安排在勒利病入膏肓之前，請假回家待幾天。

一個星期之後，他們開車把他送到吉達和他的公寓，並告訴他，兩天後他們會來接他回去坐牢。當晚，在朋友的協助下，他們從公寓後門溜了出去，每人拎了一個手提箱，裝了私人財物和一幅吉普賽女人的畫像。他們把一大筆錢給了一位在維也納的聯絡人，這人正要去以色列。他們倆藏在一輛輸送農產品的卡車夾層裡，從布拉迪斯拉發逃往奧地利。

在一個預定的時日，他們來到維也納火車站的月台，見那個從沒見過的聯絡人。照勒利的說法，那有點像勒卡雷小說裡的情節。他們一看到單身的男人，就小聲地跟他說預定的暗號。終於有個人給了正確的回答，勒利偷偷遞了一個裝滿錢的小公事包給他，之後那人就不見了。

他們從維也納到了巴黎，租了間公寓。接下來的幾個月，他們盡情享受當地的咖啡廳和酒吧。這些地方又恢復到戰前燈紅酒綠的情景。他們看了一場美國黑人歌舞女星約瑟芬．貝克精彩的表演，勒利永生難忘。他形容她「腿長及腰」，說時還用手比了比自己的腰。

在法國，不是公民就不能工作。勒利和吉達決定離開法國，離歐洲愈遠愈好。他們買了假護照，啟程去雪梨，於一九四九年七月二十九日到達。

他們在船上認識了一對家人住在墨爾本的夫妻，他們說想跟家人在一起。勒利和吉達於是也決定在墨爾本住下來。勒利重操舊業，做起紡織品貿易。他買下小倉庫，開始採購國內外的布料，再轉手賣出去。吉達決定成為公司的一份子。她報名註冊去學服裝設計。之後，她開始設計女裝，為公司開拓了業務範圍。

他們最想要的是有個自己的孩子。這對他們來說，簡直是太難了，他們只好放棄。但是沒想到，吉達後來意外懷孕了。他們的兒子葛瑞在一九六一年誕生。當時吉達三十六歲，勒利四十四歲。他們的生活很圓滿，有兒子、摯友、有興旺的生意、到黃金海岸度假。這些都是靠著他們無堅不摧的愛情所支撐而來。

那幅從斯洛伐克帶來的吉普賽女人畫像，如今依然掛在葛瑞家裡。

後記

我坐在一個老人的家裡，我跟他還不熟稔，倒是先認識了他的狗——圖蹋跟笨笨，一隻體型大得跟小馬似的，另一隻跟我家貓一般。很幸運，我很快地贏得牠們的信任，此刻牠們已安心入睡。

我移開目光，想了一下，我得先跟他說一事。

「您知道我不是猶太人吧？」

我們碰面到這時候已經過了一個小時，坐在我對面的老人聽完不耐煩地哼一聲，還算友善。他也移開目光，雙手交疊，雙腳交叉，蹺起來的那隻腳無聲地打著拍子。他望向窗外。

「是。」終於他說話了，對我笑著：「這就是為什麼我要找上你。」

我鬆了口氣，心想也許我來對了。

「那麼，」他又開口，像是準備說個笑話一樣：「告訴我你對猶太人知道些什麼。」

就在我絞盡腦汁想該怎麼回答時，我想起七根蠟燭的故事。

「你認識任何猶太人嗎？」

「我想到一個人，我曾經有個同事叫貝拉，他應該是個猶太人。」

我以為這個回答會遭他白眼，沒想到他很感興趣。「很好！」他說。

我好像又過了一關。

接著，他開始下第一道指示。「這樣你對我即將說的事不會有先入為主的偏見，」他停下來，想著要怎麼說，「我不希望你把自己的種種加諸在我的故事上。」

我不自在地挪動了一下身子：「也許多少會有。」

他身子不穩地前傾，一隻手抓著桌子，這桌子本來就不穩，這下桌腳碰撞地面，發出聲響，狗因此被驚醒。

我嚥下一口水：「我母親娘家姓史瓦特佛格，她的家族是從德國來的。」

他放輕鬆地說：「大家都得從個什麼地方來。」

「是啊，不過我是道地的紐西蘭人，我母親家族移居到紐西蘭已經超過百年。」

「移民。」

「是的。」

他把身體往後靠，放鬆，你寫作的速度有多快？

我心裡一慌，沒聽懂他想問什麼。「這得看我要寫什麼。」

「我需要你寫快一點。我的時間不多。」

這下我擔心了。因為是第一次見面，我故意不帶錄音機跟記錄用的紙筆。找我來的人本來是說先聽聽看，考慮能否接下這樁寫作計畫。我目前只準備專心聽。「您有多少時間？」我問。

「只有一點點。」

「我不太懂，您準備要去哪裡嗎？」

「是，」他回答，目光再度看向窗外：「我得去陪吉達。」

•

我沒見過吉達，她已經過世，因此勒利的意思是他將不久人世，而這一點促使他想把故事說出來。他希望有人幫他把故事按他所說記錄下來，「這樣的事情不可以再發生了。」

第一次見面後，我每個星期去見勒利兩三次，整個故事花了三年才說完。主要是得先獲得他的信任。這些往事要說出來，首先他得願意往內心深處審視。我們成了朋友——不，超越朋友情誼。他一直害怕別人把他和吉達看成納粹幫凶，隨著來回訴說，他將心上背負了五十多年的罪咎感放下，也將我們的人生緊密結合了。餐桌邊談話讓我分擔了一部分他的罪咎感，這位慈祥長者說出六十年前那段人類史上最可怕事件時，常常是抖著手，抖著嗓音，溼著老眼。

他故事說得很散亂，有時候得慢慢回想，有時候卻進展神速，他講的一大堆事件不按時序，彼此沒有關聯。但這些都不要緊，都不影響在兩隻狗的陪伴下聽他說故事的魔力；雖然不感興趣的人可能覺得不過就是老人的叨絮。那吸引力是因為他的東歐口音嗎？一個老浪人卻充滿魅力？還是故事已經遭修改？也許這些原因都有。

作為勒利故事的撰寫者，對我而言如何將時而依隨時而拉扯的歷史和記憶區分開來變得很重要，我要寫的並非一段歷史教訓，那已經有很多人寫過了。我的職責是將這一堂獨特的人類課程敘寫下來。勒利的記憶力多數時候都很清晰準確，跟我查證過的人物時間和地點都吻合。但這一點都不是好事。因為這表示那段可怕經驗對他來說依然歷歷在目。對這位美好的老人而言，他的回憶跟人類這段殘酷歷史已無法分開，它們如影相隨跟著他。

《刺青師的美麗人生》是兩個普通人卻活在可怕時代的故事，他們不但被剝奪自由，也失去尊嚴、姓名和身分。勒利所說的，是倖存者為了活著所付出的代價。勒利的人生座右銘是：「只要能看到天明，這一天人生就是美麗的。」勒利葬禮舉行的那天，我醒來時想，這一天不是我的美麗人生，但對他而言是，因為，現在他跟吉達在一起了。

（本文譯者：徐之野）

文學森林 LF0114

刺青師的美麗人生
The Tattooist of Auschwitz

作者
海瑟・莫里斯（Heather Morris）

澳洲作家，社工。有很長一段時間，海瑟一邊在墨爾本一所公立醫院工作，一邊研究劇本寫作。她的作品曾經被美國奧斯卡得獎劇作家看上。

二〇〇三年，友人介紹海瑟認識一位「有故事想說的」老先生。沒想到她跟勒利索可洛夫見面後，改變了兩個人的人生。他們展開一段情誼，老先生則開始打開心房說出不曾跟人分享的過去，說出自己當年在集中營的往事。

最初海瑟將勒利的真實故事寫成了劇本，這個本子在國際競賽中拿下高分，最後海瑟將之改寫成小說，也就是這本《刺青師的美麗人生》。

譯者
呂嘉行

山東省青島市人，一九四一年十二月二十一日生。八歲時全家遷居台灣。

一九六三年東海大學政治系畢業。一九六五年二月留學美國堪薩斯大學，於一九六八年獲政治學碩士，旋赴妻譚嘉就讀之愛荷華大學陪讀。一九六九年十一月就職愛荷華大學文學院政治系研究所，二〇〇一年退休。業餘喜好文學閱讀與創作，曾發表過詩、散文、雜文，曾翻譯出版兩本長篇小說：米蘭・昆德拉的《笑忘書》和《生命裡難以承受的輕》。

封面設計　蔡佳豪
行銷企劃　李倉緯、詹修蘋
版權負責　陳柏昌
副總編輯　梁心愉
初版一刷　二〇一九年九月二十三日
定價　新台幣三六〇元

ThinKingDom 新經典文化
發行人　葉美瑤
出版　新經典圖文傳播有限公司
地址　臺北市中正區重慶南路一段五七號十一樓之四
電話　02-2331-1830　傳真　02-2331-1831
讀者服務信箱　thinkingdomtw@gmail.com
粉絲專頁　http://www.facebook.com/thinkingdom/

總經銷　高寶書版集團
地址　臺北市內湖區洲子街八八號三樓
電話　02-2799-2788　傳真　02-2799-0909
海外總經銷　時報文化出版企業股份有限公司
地址　桃園市龜山區萬壽路二段三五一號
電話　02-2306-6842　傳真　02-2304-9301

刺青師的美麗人生 / 海瑟・莫里斯（Heather Morris）著. -- 初版. -- 臺北市：新經典圖文傳播, 2019.09
296面；14.8×21公分. --（文學森林；LF0114）
譯自：The tattooist of Auschwitz
ISBN 978-986-97495-9-6（平裝）

887.157　　108010653